Journal Secret

Trois filles
en vacances

Anne-Marie Desplat-Duc ———————

Anne-Marie Desplat-Duc a trouvé le moyen de ne pas vieillir : écrire pour les enfants. Elle entre ainsi dans la peau de personnages qui ont toujours entre six et seize ans ! Infatigable, elle sillonne la France d'écoles en salons du livre pour rencontrer ses lecteurs. Cet auteur prolifique a publié de nombreux romans, notamment chez Hachette Jeunesse, aux éditions Rageot, et chez J'ai lu Jeunesse avec la série «Stéphi la star». Pour découvrir tous les livres d'Anne-Marie Desplat-Duc, il suffit de consulter son site internet : http://www.amdd.net

———————

Ces trois filles, je les connais bien !

«Les trois filles qui passent leurs vacances à Sète, je les connais bien. C'est d'ailleurs parce que l'une d'entre elles m'a raconté leur séjour que j'ai décidé d'écrire cette histoire. Bien sûr, j'ai pris quelques libertés avec la réalité (que leurs parents ne s'affolent pas !)... Je ne suis pas romancière pour rien !»

ANNE-MARIE DESPLAT-DUC

Journal Secret

Trois filles en vacances

Anne-Marie Desplat-Duc

Pour Marie-Laure, Mylène et Magali.

Toute ressemblance avec trois filles
ayant passé dix jours de vacances à Sète
ne serait que pure coïncidence !

ANNE-MARIE DESPLAT-DUC

JOURNAL DE MADELINE

Samedi 12 août, le soir

Enfin! Il y a si longtemps que j'en rêvais de ces vacances entre copines sans les parents! Nous ne sommes arrivées que depuis quelques heures et déjà je me sens bien. Neuve. Libre. Le voyage en train s'est bien passé et on s'est amusées comme des folles. Une chance, on avait des places face à face. Margaux racontait des idioties à propos des gens assis dans le wagon. Lisa essayait de la faire taire, mais rien ne pouvait arrêter ses piques, et moi, après les épreuves anticipées du bac et mon stage linguistique à Londres en juillet, j'avais vraiment besoin de décompresser. Ce soir, on est toutes un peu fatiguées. Il y a cinq heures de train depuis Paris, et lorsque nous sommes descendues à la gare de Sète à 20 h 30, plus de bus! On a discuté un moment pour savoir comment rejoindre le quartier de la Corniche. Lisa voulait partir à pied,

7

Margaux disait qu'en stop il y en avait pour cinq minutes. 3 kilomètres à pied avec nos valises et nos sacs, ça ne m'enchantait pas, et je déteste le stop. Trop risqué. Finalement, on a pris un taxi, mais Lisa était furieuse d'entamer son budget. On a failli se disputer ! Enfin, lorsqu'elles sont entrées dans l'appartement avec la magnifique vue sur la mer et la crique juste en dessous, la bonne humeur est revenue.

Pour l'instant, elles bavardent dans la chambre et moi, j'écris, allongée sur le canapé. Après avoir posé nos bagages, on s'est attribué les lits. J'ai choisi le canapé du salon. Normal, je suis la plus vieille et le logement appartient à mes grands-parents. Margaux et Lisa se partageront la petite chambre. Dans le train, on a décidé de tenir notre journal et de se le donner à lire à la fin des vacances. Ce sera drôle de découvrir ce que chacune a pensé de son séjour ! Entre copines, on n'a rien à cacher !

JOURNAL DE LISA

Dimanche matin, 13 août

Margaux est sous la douche et Madeline fait la vaisselle du petit-déjeuner, alors j'en profite pour commencer mon journal. Je ne sais pas si j'irai jusqu'au bout.

J'ai toujours détesté les devoirs de vacances, pourtant ce serait un bon entraînement avant d'entrer en première ! Enfin, pour l'instant, je m'apprête à vivre des vacances extra, sans aucun adulte pour nous empoisonner l'existence. Ma mère n'a pas été facile à convaincre, mais elle a confiance en Madeline qui est très «mûre», paraît-il.

J'en veux un peu à Madeline d'avoir refusé de marcher pour aller de la gare à l'appartement. Ça m'a coûté 4,50 euros ! Pour elle, ce n'est pas grand-chose, ce sont ses parents qui payent, mais moi, j'ai ramassé les pêches dans un verger pendant tout le mois de juillet pour gagner 460 euros. Ce sera mon argent de poche pour l'année scolaire. Je m'arrête, Margaux vient de sortir de la salle de bains où elle s'est pomponnée au moins une heure ! Maintenant, c'est mon tour.

JOURNAL DE MARGAUX

Dimanche soir, 13 août

Et voilà, je ne m'enduis pas de crème solaire parce que ça poisse, résultat j'ai pris mon premier coup de soleil ce matin. Pourtant, j'ai bien cru qu'on ne descendrait jamais à la plage. Lisa refusait de se mettre en maillot! Elle se plaignait d'être blanche comme une aspirine, d'avoir de grosses cuisses et trop de poitrine! Ça ne date pas d'hier! C'est vrai qu'elle est un peu enveloppée, mais elle a une poitrine de rêve! Un 90.B, alors que moi j'ai de la peine à remplir un 85.A. Évidemment, elle est blanche, mais ce n'est pas avec un jean et un col roulé qu'elle bronzera! C'est pourtant ce qu'elle souhaitait: descendre tout habillée! Je lui ai dit que c'était la plus sûre façon d'être prise pour une nouille. Madeline s'est mise de la partie pour la convaincre que, sur une plage, il y avait toutes sortes de gens: des maigres, des blancs, des bronzés, des noirs, des gras, et qu'elle était plutôt dans la bonne moyenne. Elle a haussé les épaules et a couru s'enfermer dans les toilettes pour pleurer. Elle m'avait déjà fait le coup l'année de la randonnée en Ardèche, je pensais qu'en vieillissant ça lui avait passé. Non, elle a gardé tous ses complexes. À travers la porte, Madeline a crié: «Reste enfermée si ça te chante! Mais c'est dommage d'avoir parcouru 800 kilomètres pour être au bord de la mer et ne pas se baigner.» Alors, l'incroyable s'est produit: Lisa est sortie des toilettes en maillot, sa serviette nouée sur les hanches et, comme si de rien n'était, elle a plaisanté: «Alors, fainéantes, on va marcher sur le sable, oui ou non?» Le plus curieux, c'est qu'après avoir encouragé Lisa, Madeline n'a pas quitté l'appartement afin de préparer le repas et mettre de l'ordre. Une vraie maniaque de la propreté et du rangement. Et moi, ranger, je déteste!

Lisa a recommencé à paniquer lorsque trois garçons se sont installés à côté de nous. Plutôt sympas. Surtout un brun qui se nomme Victor. J'adore les bruns. On parlait seulement depuis vingt minutes, quand Madeline nous a appelées. Victor m'a retenue par le bras en me demandant : « On vous revoit dans l'après-midi ? » Je lui ai répondu qu'on déjeunait rapidement et qu'on revenait tout de suite après. Mais à notre retour, Madeline nous a accueillies fraîchement : « Méfiez-vous, ces gars-là sont des dragueurs finis, et puis ils sont bien plus vieux que vous ! » J'avais l'impression d'entendre ma mère. Je me suis rebellée : « Et alors, on est bien ici pour rencontrer des mecs, non ? » Elle m'a regardée comme si j'avais dit une grossièreté et m'a rétorqué : « Pas moi. Je veux m'amuser, passer de bonnes vacances, mais je n'ai pas l'intention de me laisser draguer par le premier venu. »

Je me suis tue et j'ai mangé. On n'allait pas se chamailler dès le début. Mais comment le savait-elle que Victor était le premier venu ? Enfin, si, c'était le premier des vacances. Cela ne signifiait pas qu'il n'était pas très bien, très gentil. La dernière bouchée avalée, je suis sortie de table, j'ai attrapé ma serviette qui séchait sur l'étendage et j'ai lancé à Lisa : « Tu viens ? » « Et qui va faire la vaisselle ? » a protesté Madeline. Zut, je n'y avais pas pensé. Elle a continué : « Je vous signale que c'est moi qui ai fait les courses et la cuisine et que je n'ai pas pu descendre à la plage, alors maintenant, c'est à mon tour. Ciao, les filles, et à tout à l'heure ! » Et elle nous a plantées là ! J'ai râlé, mais en discutant avec Lisa, je me suis rendu compte qu'on n'avait pas été chouettes avec elle. Ce soir, on établira un planning pour les tâches ménagères. C'est dans ces moments-là que je regrette la présence de ma petite mère chérie. D'ailleurs, elle m'a déjà téléphoné. Je lui ai assuré que tout se passait bien et que ce n'était pas la peine de m'appeler tous les jours.

En essuyant la vaisselle, je me suis avancée sur la terrasse pour jeter un œil dans la crique et j'ai aperçu Madeline allongée sur le sable. Elle était seule. Rien d'étonnant. Au lycée aussi elle est souvent seule. Il faut avouer qu'elle n'est pas facile. Je ne sais pas comment expliquer ça, mais celui qui ne la connaît pas la prend pour un véritable glaçon. Elle a le look starlette des années 50 : peau diaphane, cheveux blonds, yeux bleus cachés par des lunettes noires. Exactement mon contraire. Moi, je suis plutôt du genre feu follet. Un rien m'enflamme et m'emballe, mais ça ne dure pas… Enfin, pas pour l'instant. Je n'ai pas encore trouvé le garçon idéal. J'ai cru plusieurs fois l'avoir rencontré, mais ça n'a jamais vraiment marché... Par contre, je sens qu'ici tout est réuni pour le coup de foudre : le soleil, la mer et la liberté. Hou, si Madeline lit ça, elle ne sera pas contente. Dans le fond, c'est idiot de s'être promis de se montrer notre journal intime... Par définition, s'il est intime, c'est qu'on n'a pas envie que les autres y mettent le nez ! Je dirai que je l'ai perdu !

JOURNAL DE MADELINE

Dimanche 13 août, le soir

Ce soir, les filles voulaient aller en boîte. Je n'étais pas d'accord. J'avais envie d'une balade nocturne en ville. J'aime Sète le soir. Il y a du monde, du bruit, de la musique, de l'ambiance, et se promener le long du canal suffit à mon bonheur. Margaux aurait préféré danser. «C'est plus facile pour draguer», m'a-t-elle répliqué. Une véritable obsession ! Elle prétend que si elle ne sort pas avec un garçon, ses vacances seront nulles ! Je lui ai vanté la ville en lui assurant que le port de Sète la nuit était la huitième merveille du monde et, surtout, qu'il y aurait aussi des garçons qui, comme nous, se baladeraient. Lisa était de mon avis. Deux contre une. La majorité l'a emporté et nous sommes parties... Enfin, façon de parler. Margaux a mis une heure pour choisir sa tenue : « Ma jupe et mon top noir, ou mon corsaire et mon t-shirt rose ? » Lisa et moi nous l'avons fait tourner en bourrique en lui conseillant des fringues qui n'allaient pas du tout ensemble, et on a fini par éclater de rire parce qu'elle ne parvenait pas à se décider.

En ville, on a déambulé dans les rues. On s'est arrêtées un instant près du kiosque où il y avait un concert de jazz. Plus loin, on a écouté un jeune guitariste chanter Brassens. Margaux a voulu attendre la fin de son show parce qu'il était mignon. Elle avait raison, il était mignon. Mon genre. Plutôt romantique. Blond, bouclé, mince, le regard clair. Lorsqu'il a eu terminé, on a discuté un moment. Il est étudiant au conservatoire de Montpellier et, l'été, il gagne un peu d'argent en chantant dans les restaurants. Il nous a rapidement abandonnées pour continuer sa tournée. Margaux s'est emballée en disant qu'elle reviendrait l'écouter tous les soirs. L'ennui, c'est qu'il a l'air de nous plaire à toutes les trois... et il sera difficile à partager !

Quand on est rentrées, il était plus de minuit et on a encore bavardé une heure avant d'éteindre. Sur la plage, un groupe de jeunes grattaient la guitare et tapaient sur des djembés. Margaux avait envie de les rejoindre. Je lui ai fait remarquer qu'il était déjà tard et qu'on ne savait pas ce qu'ils fabriquaient. «Ben, tu n'entends pas? Ils jouent de la musique.» Évidemment, j'entendais. La naïveté de Margaux est affolante! Pour elle, tout le monde est beau, tout le monde est gentil. Je ne crois pas que ce soit le cas. Peut-être que ces jeunes (ou moins jeunes d'ailleurs, la nuit est tombée et le faisceau de la lune éclaire juste assez pour voir qu'ils sont six) ont de la drogue ou de l'alcool, ou les deux. Heureusement, Margaux a commencé à bâiller à se décrocher la mâchoire, Lisa somnolait sur son lit. J'ai déplié la banquette du salon et on s'est couchées.

JOURNAL DE LISA

Lundi matin, 14 août

La première journée a été formidable mais difficile. Je déteste me mettre en maillot. Parce que je me déteste. Surtout lorsque je me compare à Madeline qui est grande, mince, élégante et belle. Moi, j'ai toujours l'air de chercher la provocation avec ma poitrine en avant et mes fesses rebondies. Ah, si seulement j'étais plate comme une limande... ou tiens, comme Margaux. Elle a juste ce qu'il faut de seins et pas de fesses. Dans un pantalon et un t-shirt moulants, elle est sublime alors que moi, je ressemble à un éléphant ! Dans les toilettes j'ai pleuré, puis j'ai réfléchi. Je ne pouvais pas gâcher leurs vacances, je devais assurer. Finalement, sur la plage, j'en ai vu des plus moches que moi, ça m'a remonté le moral. Mais lorsque les garçons sont venus nous parler, j'avais l'impression qu'ils étaient là pour plonger dans mon soutien-gorge. Margaux bavardait, bavardait, et moi je ne parvenais pas à ouvrir la bouche parce que je surveillais leurs regards. Je me suis enroulée dans la serviette comme si j'avais froid alors que le thermomètre affichait au moins 40°C !

Le soir, j'ai bien aimé notre balade sur le port et surtout la rencontre avec le guitariste. J'ai tout de suite flashé sur lui. Il est beau, doux et romantique. Je n'arrête pas de penser à lui. Dommage, on ne connaît même pas son nom. J'espère qu'on le reverra... mais je n'ai aucune chance parce que Margaux est déjà sur le coup et qu'il a l'air de bien plaire à Madeline aussi. Alors, ce n'est même pas la peine de rêver... Pourtant, je ne peux pas m'en empêcher.

Ce matin, c'est Margaux et moi qui sommes responsables des courses et de la cuisine. Ça ne va pas être triste, parce que je suis nulle en cuisine.

Lundi 14 août

Eh bien, on peut dire qu'elles ne se sont pas tracassées ! Soi-disant parce qu'elles ne savent pas cuisiner, on a eu droit à du jambon, une boîte de pâté et des chips ! Pour faire passer la pilule, Margaux avait joliment présenté le tout dans une assiette comme s'il s'agissait de foie gras et de caviar. Mais si on veut éviter le jambon-chips quotidien, il faudra que je m'en occupe. Lorsque j'ai annoncé que, demain, je testerais une recette de gâteau au chocolat, Lisa a crié qu'elle était au régime et que c'était inhumain de la tenter avec une pâtisserie. Alors là, j'ai explosé : «Et les chips pleines d'huile, ça n'est pas calorique, peut-être ?» Elle m'a juré que ce n'était pas pareil. Les chips, elle est bien obligée d'en manger puisqu'elle n'a rien d'autre. J'ai répliqué : «Il fallait faire des haricots verts.» Mais elle m'a rétorqué : «Trop long et casse-pieds ; en plus je supporte pas les fils.» C'est clair, les chips c'est plus rapide et y a pas de fils !

Pas évident, la vie commune !

L'après-midi, nous sommes allées nous baigner à la grande plage. C'est moi qui ai insisté. Je veux leur montrer toutes les beautés du coin et la grande plage en est une... parce qu'elle est grande, qu'il y a du sable fin et qu'elle descend en pente douce. Bien sûr, il y a beaucoup de monde et étaler sa serviette est un véritable exploit, mais l'eau était chaude et j'y suis restée longtemps. Après, on a bavardé en critiquant les autres, ça distrait et ça ne fait de mal à personne. Je n'ai pas eu le temps d'ouvrir le livre que j'avais apporté : Lisa et Margaux sont de véritables pipelettes.

JOURNAL DE MARGAUX

Mardi 15 août

Hou ! là, là ! les jours filent à toute allure et toujours aucun garçon en vue. Enfin, si, en vue, il y en a partout, mais aucune touche. Il faut dire que Madeline met un point d'honneur à les éloigner. Hier, je voulais descendre dans la crique pour rejoindre Victor et les autres : elle a préféré la grande plage où il y avait tellement de monde qu'il était difficile de se faire remarquer. Il devient urgent que je me trouve un *lover*, sinon mes vacances sont fichues.

Le soir, nous sommes retournées en ville pour manger une glace italienne. C'était un prétexte. En fait, on espérait revoir le guitariste. On a exploré toutes les terrasses de café et de resto sans succès. Je ne sais pas laquelle de nous trois était la plus déçue ! Ensuite, nous avons assisté à un tournoi de joutes sur le canal. C'est curieux. Deux bateaux, un rouge et un bleu, se croisent. À l'arrière, sur une plate-forme, un garçon tient une lance et un bouclier et il doit balancer le garçon de l'autre bateau à la flotte. (Ça me rappelle la comptine de ma grand-mère : Pince mi et Pince moi sont dans un bateau...) Certains d'entre eux n'étaient pas mal. L'uniforme blanc y est pour beaucoup et lorsqu'ils ressortent trempés de l'eau, ils sont craquants. Avec les filles, on faisait des paris pour savoir lequel prendrait le bouillon : celui de la barque bleue ou celui de la barque rouge. On s'est chamaillées, mais on s'est bien amusées. J'avais repéré un nommé Corentin de l'équipe rouge : grand, baraqué, avec un sourire «dents blanches» à la Billy Crawford. J'aurais bien aimé attendre la fin de la manifestation pour le féliciter, mais Madeline m'a dit qu'on aurait l'air ridicules parce qu'on ne connaissait rien à ce sport et que Corentin était peut-être marié.

Après, on est allées à la dernière séance de ciné. Le film était drôle. Ce qui l'était moins, c'est qu'il n'y avait qu'une dizaine de spectateurs et plutôt des vieux. Forcément, l'été, les jeunes normaux sont en boîte pour s'éclater ! Mais Madeline préfère le ciné. Pendant l'année, elle n'a pas le temps. Elle bosse trop. Elle n'a que de bonnes notes. Moi, j'ai la moyenne, ça me suffit... Je sens que la cohabitation va poser problème. On ferait mieux de se séparer pour choisir chacune de notre côté les activités qui nous plaisent, sinon, on finira par se disputer et ce serait bête parce qu'on s'aime bien.

JOURNAL DE LISA

Mardi 15 août

Pas de doute. Pour moi, la plage c'est l'épreuve suprême. J'ai toujours l'impression que les garçons ont les yeux rivés sur ma poitrine, alors, je cours dans l'eau, je nage, je sors et je m'allonge à plat ventre. Uniquement à plat ventre.

J'ai été très, très déçue de ne pas avoir retrouvé le guitariste. Je n'ai pas cessé de penser à lui. Il n'a pas l'air vicieux comme les autres. Enfin, j'en sais rien, parce que le premier soir, je portais un chemisier ample et il ne s'est peut-être pas rendu compte de mes rondeurs. Peut-être même qu'il ne m'a pas regardée du tout. Pour le ciné, je n'étais pas d'accord. La place était à 6 euros. Je ne veux pas claquer tout mon fric cette semaine, sinon, je ne pourrai même pas m'acheter un nouveau blouson à la rentrée. Le mien est en loques. Madeline m'a proposé de rentrer avant elles à l'appart. J'ai refusé, j'avais la trouille. J'ai toujours, tapie en moi, la crainte de me faire agresser. Je n'ose pas l'avouer aux autres. Elles semblent n'avoir peur de rien. Moi si. J'ai peur des garçons, des hommes surtout, même des vieux. Si je suis seule et que j'entends un bruit de pas derrière moi, je panique. Pourquoi est-ce que je suis comme ça? Ça me gâche vraiment la vie. Le film n'était pas mal. On en a parlé durant le trajet du retour. Deux kilomètres, c'est long.

Journal de Madeline

Mercredi 16 août, vers 14 heures

Aujourd'hui, je n'avais aucune idée pour le repas et j'ai suggéré la paella de Jean-Louis, le traiteur de la rue de Provence. C'est là que ma mère se sert. Il s'en est suivi une grande discussion avec les filles. Margaux a tordu le nez en assurant qu'elle n'aimait pas ça et qu'elle préférait une pizza. Lisa a prétendu que c'était mauvais pour son régime. Moi, j'en ai marre du jambon et des pizzas! J'ai proposé un couscous sans plus de succès. Lisa avait envie d'un Mac Do.

« C'est tout prêt et pas cher », mais il n'y en a pas dans le coin. J'ai compris que pour Lisa, c'était plus une question de budget que de régime. Pendant que l'une était sous la douche et l'autre en train de se préparer, je suis sortie, j'ai acheté la paella et même des éclairs au chocolat pour le dessert. Eh bien, à midi, elles ont joué les étonnées, mais il n'est rien resté !

Pour l'instant, et sans doute pour se faire pardonner, Margaux lave la vaisselle pendant que Lisa balaie la pièce, et moi j'écris à l'ombre d'un parasol sur la terrasse. Ce soir, il y a feu d'artifice et bal sur le port. Cet après-midi, c'est natation et bronzette. Des vacances idéales. J'ai même pas eu le temps d'envoyer des cartes postales à la famille.

JOURNAL DE LISA

Mercredi soir, 16 août

Je suis gênée, parce que Madeline a payé le repas à midi. On avait décidé de tout partager, mais elle a toujours envie de trucs extraordinaires. Je ne suis pas venue ici pour manger. Si je bouffe, je grossis et si je grossis mes complexes grossissent aussi. Un yaourt me suffit. Pourtant, je dois reconnaître que lors-qu'elle prépare des salades composées ou des esca-lopes à la crème, je me régale. Je ne sais pas résister.

Margaux a repéré Victor et ses copains dans la crique. Elle a voulu descendre. J'avais pas envie, mais je n'ai rien dit sinon elle m'aurait encore lancé une phrase du genre : «Écoute, il fallait partir aux sports d'hiver si tu crains tant de te déshabiller.» C'est exactement ce que je me répète. C'est vrai que la montagne me plairait davantage à cause des pulls, des anoraks qui cachent tout, mais l'appartement des grands-parents de Madeline est dans le Midi. D'ailleurs, sans Madeline je ne serais pas partie. Tout ça parce que papa est au chômage, qu'aucun boulot ne se présente, et que maman se crève pour équilibrer le budget. C'est désespérant. Quel dom-mage que toute ma famille ne soit pas ici avec moi ! Être la seule à en profiter me rend malheureuse.

Victor, je ne peux pas le supporter. Il s'est assis à côté de moi uniquement pour loucher sur ma poi-trine. Je me suis levée pour me baigner, il m'a suivie. Dans l'eau, il essayait de me couler pour me tripoter. Je suis sortie comme… comme si j'avais le feu aux fesses. Et lui riait comme s'il s'agissait seulement d'une bonne blague. Je me suis enroulée dans ma ser-viette et me suis assise à côté de Madeline. Je crois qu'elle n'apprécie ni Victor ni ses copains. Normal, ils sont plutôt lourds. Margaux ne semble pas s'en rendre compte. Elle rit et plaisante avec eux. Ils nous ont même invitées à boire un pot ce soir aux Sables d'or mais, avant que Margaux n'accepte, Madeline a dit avec aplomb que c'était impossible parce que son oncle Léon nous attendait pour la bouillabaisse. Margaux, qui a compris que c'était une excuse, a tiré une tronche de six pieds de long. Pour éviter la discussion, Madeline s'est levée et a lancé : « Salut, faut y aller sinon on sera en retard. » Margaux l'a foudroyée d'un regard assassin. Tandis que j'écris, allongée sur mon lit, je les entends qui se disputent dans la grande pièce. Je ne m'en mêle pas pour ne pas risquer de me fâcher avec Margaux, mais Madeline a eu raison.

JOURNAL DE MARGAUX

Mercredi 16... non, jeudi 17, vers 3 heures du matin

Super soirée, et pourtant la journée avait plutôt mal commencé ! Madeline m'agace, elle se la joue grande-sœur-responsable alors qu'elle n'a qu'un an de plus que nous. Elle n'est pas chargée de nous surveiller tout de même ! Ce n'est pas parce qu'elle n'aime pas Victor que c'est un voyou !

Enfin, ce soir c'était génial, et je suis tellement excitée que je ne peux pas dormir, aussi j'écris pour garder un souvenir et pouvoir relire cette page en hiver. On a bien mis une heure chacune pour se préparer! À 22 heures, enfin prêtes, on est descendues jusqu'au port. Il y avait un monde fou. La première fusée a explosé juste à notre arrivée. Lisa a poussé un cri et nous avons éclaté de rire. Le feu d'artifice était grandiose, mais bon... je n'étais pas là pour ça. Après, on s'est laissé entraîner par la foule jusque sur la place où un orchestre jouait déjà. Mais c'était de la musique de vieux! Des couples se sont mis à valser, à tangoter au son d'un accordéon. Un bal musette! La cata! Tout à coup, un garçon m'a attrapée par le bras: «Elle était bonne, la bouillabaisse?» Victor! J'ai bredouillé je ne sais plus quoi. Il a enchaîné: «Les Zarbis jouent place de la Révolution, un super groupe, vous venez?» J'ai pas regardé Madeline, j'ai pris le bras de Victor en claironnant: «On te suit», et les autres ont suivi. J'ai bien pensé que Madeline m'engueulerait au retour, mais tant pis, je suis assez grande pour faire ce dont j'ai envie. On a dansé toute la nuit. Enfin, surtout Victor et moi. Lisa a retrouvé le guitariste. Un coup de pot, parce que c'était noir de monde. Ils n'ont pas beaucoup bougé, mais beaucoup bavardé. Lisa n'est pas une championne en danse et Robin n'a pas l'air doué. (Il s'appelle Robin.) Il avait tout du pantin désarticulé. Je ne l'avouerai pas à Lisa, mais finalement, je préfère Victor à Robin... Madeline s'est contentée de nous observer. Elle a décliné toutes les invitations, comme si aucun garçon n'était assez bien pour elle. Elle est vraiment curieuse...

Vers 2 heures du matin, elle a montré des signes d'impatience. J'ai rouspété, on s'amusait si bien ! Alors, comme mardi soir, elle a pris un air supérieur pour nous annoncer : « Moi, je rentre, mais libre à vous de rester. » Lisa lui a immédiatement emboîté le pas. J'étais furax. On aurait pu rester encore toutes les deux, mais Lisa se sent plus en sécurité avec Madeline qu'avec moi. J'ai hésité. Victor m'a proposé de me raccompagner plus tard, c'était tentant. Mais à un moment, mes yeux ont croisé ceux de Madeline. J'y ai lu une véritable inquiétude et comme une prière pour que je refuse. J'ai refusé. Victor n'a pas du tout apprécié, il a grommelé que j'étais une vraie gamine, que je me laissais mener par le bout du nez, qu'il m'avait imaginée plus indépendante. Je ne voulais surtout pas qu'on se fâche. Je l'ai entraîné un peu à l'écart et je lui ai promis de lui réserver ma soirée de jeudi.

Sur la route de la Corniche, nous étions quatre. Robin et Lisa marchaient derrière nous en se tenant la main. J'avais constamment envie de me retourner, d'autant que Madeline me boudait.

26

Bon, j'éteins ma lampe pour essayer de dormir un peu en espérant que Madeline aura à nouveau le sourire dans quelques heures.

JOURNAL DE LISA

Jeudi 17 août, vers 10 heures du matin

Madeline est déjà debout, j'entends s'entrechoquer les bols dans la kitchenette. Elle va certainement aller acheter du pain frais. Comment fait-elle pour être toujours levée avant nous? Moi, je flemmarde. Je savoure mon bonheur. Je l'inscris sur mon cahier pour être sûre que j'ai bien vécu ces merveilleuses minutes. À vrai dire, je n'en reviens pas. Robin est immédiatement venu vers moi, ignorant mes deux copines. J'ai regardé Margaux et Madeline comme pour m'assurer qu'il ne s'était pas trompé. Au début, pas question de danser. J'avais peur. De quoi? De lui. Peur qu'il ne veuille danser que pour me toucher. Alors on a discuté. Enfin, on a essayé : la musique était trop forte! Il est étudiant aux Beaux-Arts de Montpellier. Il veut être sculpteur, mais il est aussi passionné de musique. Il habite à Balaruc et vient presque tous les soirs jouer aux terrasses pour gagner de quoi financer ses études. Je lui ai un peu parlé de moi. Le moins possible. Il a réussi à me persuader de danser. D'abord, je me tenais loin de lui, mais les gens me bousculaient et j'ai fini par me rapprocher. Nos corps se sont frôlés. J'ai rougi, mais personne ne s'en est rendu compte. J'avais chaud et la tête me tournait un peu. J'ai vaguement vu que Margaux dansait avec Victor et que Madeline ne dansait pas du tout. Lorsqu'elle a déclaré qu'il était temps de rentrer, je n'étais pas d'accord, mais rester seule avec Margaux m'angoissait. Margaux, je l'adore, elle est rigolote et on s'entend bien, mais elle est un peu fofolle et n'a pas les pieds sur terre, alors qu'avec Madeline je me sens en sécurité. Robin m'a demandé la permission de m'accompagner. J'ai soufflé «oui». Il m'a pris la main et on a suivi Madeline et Margaux. La lune éclairait la mer qui brillait, et moi je marchais à côté d'un garçon. Je n'aurais jamais cru que c'était si beau. Cette nuit, j'ai à peine dormi pour continuer à penser à lui. Maintenant, je n'ai pas envie de me lever, pas envie de parler aux autres. Je veux garder mon bonheur pour moi.

Jeudi 17 août, midi

Margaux et Lisa ne sont pas encore debout. Je leur ai apporté le pain et des croissants tout chauds pour me faire pardonner de les avoir bousculées hier soir. À présent, je suis sur la plage avec un bon livre pour profiter de cette matinée. Je déteste traîner au lit.

Le feu d'artifice, avec toutes ses couleurs qui se reflétaient dans l'eau du port, était magnifique. Le bal, c'est pas mon truc. Trop de monde et une musique que je n'aime pas beaucoup. J'y suis allée uniquement pour faire plaisir aux filles. Et lorsqu'il a fallu rentrer, Margaux m'a incendiée ! Son Victor, je le sens pas. Il est vulgaire avec sa boucle d'oreille et ses piercings au sourcil et dans le nez, sans compter son dragon tatoué sur le bras. Il joue les caïds au milieu de ses copains. Je suis certaine que ce n'est pas un garçon pour elle, mais dès que j'essaie de le lui faire comprendre, elle se ferme comme une huître. Il paraît même que je suis jalouse de son succès et que c'est pour ça que je veux l'empêcher de voir Victor. Elle est folle, moi, jalouse ? Enfin, oui et non. C'est vrai que je me demande comment elle se débrouille pour avoir un tel succès auprès des garçons. Ça me rappelle une série de télé idiote, lorsque j'étais gamine, *Le Miel et les Abeilles*. Eh bien, on dirait que Margaux attire les garçons comme le miel attire les abeilles. Est-ce sa joie de vivre, son rire, sa décontraction, sa chevelure rousse, son petit nez, sa peau mate? Moi, j'ai l'impression que je les repousse. Pourquoi?

JOURNAL DE MARGAUX

Jeudi 17, vers 14 heures

Je le crois pas! Lorsque j'ai enfin émergé de mon lit, Lisa était en train de déjeuner. Elle m'a dit d'un air mystérieux: «Jette un œil sur la plage.» J'ai jeté, et j'ai vu Madeline à plat ventre sur sa serviette, son cahier ouvert devant elle, en grande conversation avec un garçon. J'ai immédiatement pensé: «Si elle se trouvait un mec, elle nous lâcherait un peu les baskets.» Et ce serait génial parce que ce soir j'ai rendez-vous avec Victor.

Afin d'amadouer Madeline, j'ai déjeuné rapidement et je suis allée au ravitaillement pendant que Lisa squattait la salle de bains. Daniel, le boucher, est très sympa. Il m'a abreuvée de compliments alors que je n'achetais que trois tranches de jambon. D'ailleurs, il m'en a rajouté une gratuite. Mais impossible de tomber amoureuse d'un boucher, je suis presque végétarienne. La viande, je supporte pas, alors même si Daniel me draguait à mort, je ne pourrais pas l'embrasser. Dommage, il est mignon.

JOURNAL DE MADELINE

Jeudi 17, le soir

Les heures se suivent et ne se ressemblent pas. Je viens de rencontrer William. Un Anglais. Il a 20 ans et loge à l'hôtel Méditerranée avec ses parents. Il parle très mal le français, mais je me débrouille en anglais. Il est sympa et m'a invitée à boire un pot aux Sables d'or. Je le cacherai aux filles parce que j'avais refusé que Margaux y aille avec Victor. Là, ce n'est pas du tout pareil. William a la classe, pas Victor.

Ce soir, Margaux et Lisa veulent descendre en ville. Je suis certaine que Margaux va rejoindre Victor et Lisa, Robin. Je n'irai pas avec elles. J'ai prétendu que j'étais fatiguée et que je regarderais un film américain à la télé. Elles ne m'ont pas crue. Margaux a commencé à me charrier : «Avoue plutôt que tu as rendez-vous avec le garçon de la plage?» Je me suis défendue. Mal sans doute. J'étais furieuse d'avoir été découverte. Enfin, surtout d'avoir menti... comme si j'avais commis une faute. Dix minutes plus tard, on s'est disputées à propos de la salle de bains. Margaux avait aspergé toute la pièce et n'avait pas essuyé. Lisa a glissé sur le sol et s'est cognée contre le lavabo. Ensuite, il paraît que je suis restée une heure la porte fermée à clef (ce qui est vrai) et Lisa a rouspété parce qu'elle avait lâché son brillant à lèvres qui s'est écrabouillé sous le lavabo. On était toutes assez énervées. Il faudrait que les architectes prévoient au moins deux salles de bains par appartement!

JOURNAL DE MARGAUX

Vendredi 18, de bonne heure

On l'a bien eue, Madeline! Lorsque j'ai retrouvé Victor et ses copains sur le port, ils avaient projeté une soirée en boîte. J'ai refusé parce que je ne les connais pas encore assez, et puis j'avais une autre idée. J'ai proposé à Victor une promenade sur la plage. Il a grogné que la mer, c'était bon quand il y avait du soleil et qu'on pouvait se baigner, mais que la nuit, rien ne valait la boîte pour s'éclater. Il n'est pas romantique! Je l'ai tiré par la main et je me suis faite câline pour qu'il me suive. Finalement, il a déclaré à ses copains : «À plus! ma meuf me la joue perso.» J'ai moyennement apprécié. On est revenus vers la Corniche, et soudain j'ai entendu mon nom. Je me suis retournée, c'étaient Lisa et Robin, mais je m'en doutais puisqu'on avait tout combiné avec Lisa. Robin a tendu la main à Victor et ils ont commencé à discuter, pendant que Lisa et moi on se réjouissait de la surprise qu'on réservait à Madeline.

Dans le quartier de la Corniche, il n'y a que quatre ou cinq bars sympas. J'ai entraîné les autres vers celui que préfère Madeline. Je ne m'étais pas trompée. Elle était à la terrasse des Sables d'or avec son British. Oh! sa tête lorsqu'elle nous a vus! Elle a éclaté de rire et nous aussi... Enfin, nous, les filles, parce que les garçons ne comprenaient pas dans quel traquenard ils étaient tombés! On a approché des chaises de la table pour s'installer. Les garçons n'ont pas été très bavards. William baragouine à peine trois mots de français. Robin a parlé musique en citant des groupes anglais : les Beatles, Atomic Kittens et d'autres dont j'ignore même le nom. Victor a branché William sur le rugby, mais tout le monde s'est lassé d'attendre les traductions de Madeline.

Je suis un peu déçue, parce que j'espérais vaguement qu'on formerait, tous les six, un groupe sympa afin de sortir ensemble. Mais ce ne sera pas possible, les garçons sont trop différents. De toute façon, au bout d'une heure, Robin a été obligé de partir pour son tour de chant et Victor en a profité pour s'éclipser. Il m'a lancé, un rien acide : « Merci pour la soirée, on se voit demain ? » Il n'était pas content. Je lui ai juré que la prochaine fois nous ne serions que tous les deux.

JOURNAL DE MADELINE

Vendredi 18 après-midi

Pour une surprise, c'était une surprise ! J'ai d'abord eu comme un mouvement d'humeur. J'étais avec William et je n'avais pas envie de rompre notre tête-à-tête, mais puisque les copines et leurs boy-friends étaient là, autant rire de leur blague.

J'ai vraiment du mal avec Victor : il a carrément dit à William que les Anglais étaient nuls au rugby, qu'ils étaient violents, et que les Français étaient cent fois meilleurs. C'était de la provocation. Heureusement, je n'ai pas tout traduit ! En plus, il parle avec cet accent de banlieue que je ne supporte pas. On dirait même qu'il l'accentue exprès. Il doit penser que ça fait plus viril. Non, ça fait plus con ! Il n'a aucune éducation, il se tient comme un porc sur sa chaise et il bâillait à se décrocher la mâchoire pour bien nous montrer qu'il s'ennuyait ferme avec nous. Comment ouvrir les yeux à Margaux ? Comment lui expliquer sans la fâcher qu'elle doit le laisser tomber ? Pour l'instant, elle est sur la plage avec Lisa et je les entends rire. La mer porte les bruits et les amplifie. Je profite de ma solitude pour procéder à une séance d'épilation à la cire. C'est fou ce qu'on peut avoir comme poils ! Les filles se rasent. Moi, je refuse, j'aurais l'impression d'être mon père ! Mais la cire, ça fait mal et il me faut au moins une heure pour être impeccable.

Ce soir, je sors avec William et j'espère bien que les filles ne débarqueront pas. On s'est donné « quartier libre ».

JOURNAL DE MARGAUX

Vendredi 18, tard (on est déjà samedi)

Bon, je suis rentrée, pas la peine d'en faire un foin ! Elle m'a passé un de ces savons, Madeline ! Ma parole, elle se prend pour ma mère ! D'accord, elle s'est inquiétée, mais quand même, je ne supporte pas ses réflexions. Elle aussi est sortie! Maintenant, impossible de m'endormir, alors pour me calmer j'ai sorti mon journal et, sous le drap, avec ma lampe de poche, j'écris.

Ce soir, on a quitté l'appart ensemble, mais on s'est rapidement séparées pour rejoindre nos rendez-vous respectifs. Madeline retournait aux Sables d'or, et Lisa et moi, nous sommes descendues en ville. Comme prévu, Victor était devant le kiosque à musique, mais pas de Robin! Victor a râlé: «On va pas recommencer la soirée d'hier à tchatcher et à s'emmerder?» Enfin, on a déniché Robin qui jouait du Brassens devant un troquet. On a abandonné Lisa et on est partis.

En attendant l'ouverture de la discothèque, Victor m'a offert un verre dans un bar du port. Je l'ai questionné sur sa vie, ses études, ses goûts. Il me répondait par monosyllabes comme si je l'ennuyais. Il m'a même sorti d'un ton un peu provoc: «T'es de la police?» J'ai haussé les épaules. J'avais tout simplement envie de mieux le connaître. Lui ne m'a rien demandé. Rien. Ni ce que je faisais dans la vie, ni ce que j'aimais. J'aurais dû me méfier, mais non, j'ai continué à le dévorer des yeux. Tout me plaît en lui. Son visage carré, bronzé, ses yeux sombres ombrés de cils épais et son sourire, toujours un peu moqueur. C'est vrai que Madeline a raison: «Il n'a pas la classe.» Je m'en fous. Je ne suis pas chic et chochotte comme elle. Le plus embêtant, c'est que rien ne semble l'intéresser : les études le barbent, le sport c'est pas son truc (il se contente de suivre le rugby à la télé), il ne lit pas, ne va pas au cinéma mais adore les «méga teufs». Pendant une seconde de lucidité, j'ai pensé : «On n'a pas beaucoup de points communs», mais la seconde d'après, je me suis dit : «Oui, mais il est franchement beau et je lui plais...»

Vers minuit, on est entrés au Club 34. Je m'apprêtais à passer une soirée d'enfer. Pendant l'année scolaire, mes parents ne veulent jamais que je sorte tard et surtout ils m'interdisent les boîtes, alors, pour une fois, j'avais bien l'intention d'en profiter un max ! Victor connaissait tout le monde, serrait des mains, chuchotait dans des oreilles, éclatait de rire. La salle était sombre, et avec la fumée je n'y voyais pas à un mètre. Victor m'a poussée vers une petite table, je suis tombée sur une banquette déjà occupée. J'ai vaguement reconnu ses copains accompagnés de deux filles. Sans même me saluer, ils ont commencé à m'envoyer des vannes toutes plus lourdes les unes que les autres. J'étais mal à l'aise. Victor est revenu du bar avec une bouteille de vodka et deux verres qu'il a remplis. Il a vidé le sien d'un trait. J'ai juste trempé mes lèvres, j'aurais préféré un soda. Soudain, je me suis souvenue d'une discussion que nous avions eue avec Madeline. «Ne rien accepter d'un inconnu à cause des drogues que peut contenir une boisson.» J'ai reposé mon verre sur la table. Victor est-il un inconnu? Un peu après tout. «Tu ne bois pas?» s'est-il étonné. «Pas soif», j'ai répondu, mais j'avais la gorge si sèche que j'aurais avalé la mer et ses poissons! Il a liquidé un autre verre et s'est levé pour se défouler sur une musique hip-hop. Il bouge bien. Je serais incapable de me dévisser la tête et les bras de cette manière. En revenant vers moi, il était tout fier : «Tu as vu, je me défends.» Je l'ai félicité et il m'a entraînée sur la piste. Le DJ s'est déchaîné. Nous avons dansé longtemps et c'était très bien ainsi car je préférais être sur la piste qu'avec ses copains. J'avais chaud et soif, mais la peur m'empêchait de boire. J'aurais donné ma vie pour une bouteille de soda capsulée!

Sur la banquette, les filles, allongées contre les garçons, gloussaient et offraient leur bouche. Le spectacle m'a gênée et mon malaise s'est accentué. Victor a voulu les imiter. Il a glissé sa main sous mon t-shirt, je l'ai retenu, et lorsqu'il a cherché à m'embrasser, j'ai reculé mon visage. Il a ri. J'ai détesté son rire. Puis il m'a bloqué les bras et emprisonné mes lèvres. Je l'ai laissé faire pour ne pas avoir l'air d'une oie blanche, mais n'y ai pris aucun plaisir et la peur s'est insinuée en moi. Pour me débarrasser de lui, j'ai jeté un œil à ma montre et j'ai crié : «Il est tard, faut que j'y aille!» Ils ont tous éclaté de rire. Ce n'était pourtant pas drôle; Victor a enchaîné: «Ça va pas, non, la nuit vient juste de commencer!» Quelle excuse inventer pour sortir de ce guêpier? «J'ai promis de rentrer vers deux heures» «Tes parents ne sont pas là, alors cool, ma poule!» m'a conseillé Victor dont la main remontait sur mes cuisses nues. Insupportable. Je me suis levée d'un bond. Surpris, il n'a pas eu le réflexe de me rattraper. Il a protesté: «Oh, qu'est-ce qui lui prend?» mais je ne me suis pas arrêtée, j'ai slalomé entre les tables et les gens et je me suis ruée sur la porte sans me retourner.

Dehors, des larmes de peur, de colère, de déception ont dégringolé de mes yeux. Je hoquetais de rage et je répétais: «Quelle idiote! Non mais quelle idiote! Il voulait me tripoter et même plus! Je suis la petite Parisienne à ajouter à son palmarès! Eh bien, il peut courir, et vite encore, il ne m'aura pas! Non, non, il ne m'aura pas et tant pis pour lui!» Parler à voix haute m'a réconfortée et m'a permis d'évacuer mon stress. J'ai franchi le pont et, toujours en courant, j'ai dépassé le bâtiment de la criée. Là, j'ai ralenti pour reprendre mon souffle. Je n'en pouvais plus. Victor ne m'avait pas suivie. Un peu rassurée, j'ai marché le long du quai de la Marine où les restaurants rangeaient les tables avant de fermer. Un garçon m'a interpellée avec son accent chantant: «Oh, tu es bien seule, tu as un problème?» Il avait l'air gentil. Une fraction de seconde, j'ai été tentée de tout lui raconter et puis non, j'ai secoué la tête avant de repartir.

Lorsque j'ai aperçu notre immeuble, j'ai poussé un soupir de soulagement. C'est seulement à ce moment-là que je me suis rendu compte que j'avais oublié mon sac sur la banquette. Heureusement, il n'y avait pas grand-chose à l'intérieur, un peu d'argent, un paquet de mouchoirs, mon gloss, une brosse... Les clefs, c'est Lisa qui les avait. J'ai sonné à l'interphone. La voix angoissée de Madeline m'a répondu. Je savais qu'elle allait m'enguirlander, mais ce qui m'agaçait le plus c'est qu'elle avait eu raison de me déconseiller de sortir avec Victor.

JOURNAL DE LISA

Vendredi 18 ou samedi 19, 1 heure du matin

Je suis la première à être de retour. J'ai été étonnée que Madeline ne soit pas déjà là, mais je pense que Margaux rentrera tard. Toute seule dans cet appartement en rez-de-chaussée, j'ai un peu la trouille. Je sais bien que porte et fenêtres fermées, je ne crains rien, mais c'est plus fort que moi, alors je prends mon journal pour m'occuper.

40

Fabuleuse soirée. Pourtant, j'ai été un peu choquée de la façon dont Margaux et Victor m'ont plantée devant Robin. C'était comme s'ils lui disaient : «Occupe-toi d'elle, on ne veut plus la voir.» Et puis j'étais inquiète, me retrouver seule avec un garçon dont j'ignore presque tout, ce n'est pas dans mes habitudes. Au début de la soirée, j'avais peur de le gêner dans sa tournée. Je le suivais de bar en restaurant en restant un peu à l'écart. Parfois, je fredonnais doucement le refrain. Le répertoire de Brassens n'a pas de secret pour moi : mon père l'adore et mon enfance a été bercée par ses chansons. Le nez dans leur assiette, les gens n'écoutaient pas. De véritables mufles ! Victor continuait comme s'il était devant un public attentif. J'en avais mal pour lui. Moi, j'aurais abandonné. Pas lui. Il a terminé son tour de chant sans se démonter, a salué, remis sa guitare dans sa housse et m'a tenu la main pour sortir. Dans le dernier bar, il a murmuré quelques mots à l'oreille du patron et n'a pas chanté, afin de me raccompagner. Sa main serrait la mienne et on a marché le long de la mer. C'était beau. Je n'avais pas envie de parler et lui non plus, mais le silence n'était pas lourd. Les mots étaient inutiles parce qu'on était bien ensemble. Devant l'immeuble, il m'a prise dans ses bras, la guitare me cognait les mollets, et il m'a embrassée... presque, presque sans me toucher. C'était magique. Jamais

41

je n'aurais imaginé que ça puisse être si fort. Je crois que je suis folle amoureuse de lui et ça me rend heureuse, mais heureuse comme je ne l'ai jamais été. Tiens, j'entends un pas dans l'escalier, j'espère que c'est Madeline ou Margaux. De toute façon, si c'est quelqu'un d'autre, je hurle pour alerter les voisins.

JOURNAL DE MADELINE

Samedi 19, 2 heures du matin

Margaux n'est pas encore là et je commence à bouillir d'inquiétude. Je n'aurais pas dû la laisser sortir seule. Sa hantise, c'est de finir vieille fille, alors elle s'accroche au premier venu pour tester son pouvoir de séduction. Lisa est allongée dans la cabine. Peut-être dort-elle? Moi, j'ai sorti mon journal pour tromper mon angoisse.

William me plaît. Enfin, non, pas vraiment. Physiquement, il n'a rien de Brad Pitt. Il a juste de la douceur, de l'humour, un regard... un regard pétillant. Il est grand et mince... Peut-être que c'est ce qu'on appelle le charme, mais je suis certaine que Margaux le juge ringard et que pour Lisa il est trop british. Enfin, tant mieux, si en plus mes deux copines se jetaient sur le seul garçon qui s'intéresse à moi depuis... depuis la nuit des temps, je serais dans de beaux draps ! On a bavardé. Beaucoup. De Londres, où j'ai effectué un séjour linguistique. Il habite Hemel Hampstead, la banlieue. On aurait même pu se rencontrer là-bas. Il a visité l'exposition Vermeer à la National Gallery le même jour que moi. Cette coïncidence nous a amusés. On s'est loupés à Londres et on se rencontre ici, à Sète. La vie est bizarre. Nous avons de nombreux points communs. Il n'aime ni les boîtes, ni le rap, ni l'art moderne, mais il aime la musique classique, le jazz, les chanteuses à voix, lire, écrire et surtout le cinéma américain des années 50 ! J'en suis restée baba. D'ailleurs, il m'a assuré que j'avais un peu le look Audrey Hepburn, mais en blonde. Rien ne pouvait me faire plus plaisir. Dans ma chambre, j'ai des photos d'elle partout. En tout cas, je ne sais pas si mon stage en Angleterre me permettra d'obtenir le bac haut la main, mais ça m'aura au moins servie à tenir une conversation avec William et c'est déjà beaucoup. Ah, on sonne à l'interphone, ce doit être Margaux. Ouf !

JOURNAL DE MARGAUX

Samedi 19

Je ne leur ai pas raconté mon histoire avec Victor. J'avais honte. Madeline a vu que j'avais pleuré, mais j'ai prétendu que c'était l'eau de mer et le vent qui me donnaient de la conjonctivite. J'ai pas du tout, mais alors pas du tout le moral.

JOURNAL DE MADELINE

Samedi 19, vers 14 heures

Lisa fait la vaisselle et Margaux doit être en bas avec Victor. Depuis hier soir, je la trouve bizarre. Je l'ai questionnée, mais elle m'a envoyée sur les roses en m'assurant que tout était OK. Pourtant, je jurerais le contraire.

Ce matin, on est descendues toutes les trois au marché. J'adore le marché de Sète. C'est bruyant, coloré, il y a des tas de commerçants et beaucoup de monde. On s'est faufilées dans les allées étroites des étals pleins de vêtements, de chaussures, de sacs, de bijoux, de babioles. Margaux semblait mal dans sa peau, j'avais l'impression qu'elle cherchait quelqu'un en priant Dieu de ne pas le croiser. «Tu espères voir Victor?» lui ai-je demandé. Et, en évitant mon regard, elle a bredouillé : «Heu, oui... non...» Curieux comme réaction.

Lisa voulait un souvenir pour ses parents et ses sœurs, mais elle n'était pas bien riche et ça a été un fameux casse-tête. Margaux a réussi à se dérider un peu pour faire du charme à un jeune artisan qui fabriquait des savons. Grâce aux talents de Margaux, Lisa a obtenu un prix défiant toute concurrence. Mais le garçon n'avait pas l'intention de nous lâcher. «Revenez vers treize heures trente, vous m'aiderez à remballer et je vous inviterai à manger une pizza.» On a refusé poliment et on est rentrées. Justement, j'avais acheté une pizza qu'on vient de terminer. Dès que Lisa aura tout rangé, on rejoindra Margaux sur la plage. J'espère que William viendra, mais il n'aime pas trop quand je suis avec les copines parce que, malgré ses efforts pour parler français, elles se moquent de lui. Sinon, ce sera séance de bronzage... En une semaine, je n'ai pas pris beaucoup de couleurs alors que Margaux, qui a la peau mate, est déjà noire. Moi, j'ai toujours du mal à bronzer. J'ai une peau... d'Anglaise !

Samedi 19, 21 heures

Le marché m'a détendue, mais je n'oublie pas. Je n'y arrive pas. Je me rejoue sans cesse le film de la soirée en me reprochant ma naïveté et en me répétant : «Tu aurais dû agir comme ci, dire ça...» Et surtout, j'ai peur que Victor et ses copains reviennent me narguer et se moquer de moi.

Dans l'après-midi, allongée sur le sable, j'ai somnolé. Je n'avais pas beaucoup dormi la veille et toutes ces émotions m'ont épuisée. J'ai entendu William «speaker» anglais avec Madeline, mais comme je n'y comprenais rien, j'ai simplement ouvert un œil pour le saluer. Pourquoi s'est-elle entichée d'un mec pareil? Il a un côté prince Charles que je ne supporte pas : long, mince, la peau criblée de coups de soleil. Avec un chapeau melon et un parapluie, il doit être parfait, of course! Pas du tout mon genre. Quoique mon genre est plutôt nul... Ça me donne envie de pleurer et de mordre. Lisa aussi a dormi. Robin n'est pas venu la rejoindre. Dans la journée, il travaille au centre de thalasso de Balaruc. Il a vraiment l'air gentil, son Robin. Le modèle idéal. Dommage que Lisa soit sur les rangs. Elle semble très amoureuse. Elle a de la chance. Moi, il va falloir que je me remette en chasse. Impossible de rester sur un échec, sinon je vais déprimer. Mais j'ai intérêt à faire gaffe de ne pas tomber sur le même modèle que Victor. Tiens, dans le fond, il n'est pas tard et plutôt que de me morfondre et d'écrire sur ce cahier, je ferais aussi bien de me balader.

JOURNAL DE LISA

Samedi 19, le soir très tard

Je n'ai pas vu Robin de tout le samedi. Il bosse, le pauvre, mais lorsqu'on s'est quittés vendredi soir, on s'était donné rendez-vous samedi à 20 heures devant le bar de la Marine. Avant son récital, on a bavardé. Je lui ai raconté un peu ma vie et lui la sienne. La mienne a dû lui paraître bien terne. Lui, c'est un véritable artiste. Il a promis de me montrer ses sculptures. Du coup, je me demande si après le bac, dans deux ans, je ne m'inscrirai pas aux Beaux-Arts à Montpellier, ou alors en architecture ? Ça risque de tempêter à la maison. Mes parents m'imaginent ingénieur. Je n'étais ni pour ni contre car aucun métier ne me passionne, mais artiste, c'est autre chose. C'est le rêve et la liberté. Toute la soirée, j'ai écouté Robin chanter, je ne m'en lasse pas, et pourtant il reprend dix fois le même récital dans différents restaurants. Il a une belle voix grave et chaude. Comme je fredonnais certains couplets, il m'a complimentée et m'a proposé de m'entraîner pour que je puisse l'accompagner. J'ai commencé par refuser. Je ne saurais pas et je n'oserais jamais. Mais il m'a convaincue.

Lorsque le dernier bar a fermé, il était déjà 2 heures du matin. Je me suis affolée parce que je craignais que Madeline pique une colère comme lorsque Margaux était rentrée tard, alors il m'a ramenée à moto. Il se l'est offerte l'année dernière avec ce qu'il avait gagné pendant deux ans. La moto, c'est pas mon truc. Ça roule trop vite et j'ai peur. Et puis, j'entends ma mère d'ici : «Pour épater les filles, les jeunes à moto roulent comme des fous. Que je ne te prenne pas sur un engin pareil !» Je n'ai pas eu le temps d'hésiter. Il m'a tendu son casque. J'avais les jambes flageolantes, mais j'ai pensé que si je devais monter sur une moto, c'était avec lui. Question de confiance. Le moteur ronflait. J'ai enfourché le siège arrière, je me suis cramponnée à sa veste. Il s'est élancé. Mon cœur battait au niveau de ma gorge. J'avais le trouillomètre à zéro. On a longé la mer, mais je ne voyais rien. J'ai osé poser ma tête contre son dos. Ça m'a rassurée. J'étais bien. Soudain, il s'est arrêté. On était arrivés. Déjà ? Il m'a aidée à descendre, m'a ôté le casque. J'ai secoué mes cheveux, et il m'a embrassée doucement, comme dans un film.

Avant de me coucher, j'ai sorti mon journal et j'ai tout noté noir sur blanc. Pour être certaine que je n'avais pas rêvé et surtout, pour ne pas oublier... mais il n'y a pas de danger! Je suis si heureuse! Je l'ai déjà écrit, tant pis. Je pourrais accumuler des lignes et des lignes juste avec ces trois mots: JE SUIS HEUREUSE, mais je ne le ferai pas pour que ça ne me porte pas la poisse.

JOURNAL DE MADELINE

Dimanche 20, le matin

Hier soir, je n'ai pas très bien compris ce qui s'est passé. Margaux est restée seule à l'appartement parce que Victor avait un empêchement, et lorsque je suis rentrée vers minuit, j'avais l'impression qu'elle venait d'arriver. Je lui ai demandé: «Tu es sortie?» Elle m'a répondu: «Non, non» mais elle avait une voix bizarre. La voix du mensonge. De toute façon, elle fait ce qu'elle veut. Elle m'a assez reproché de trop la materner et après tout, je ne suis pas chargée de la surveiller. Zut, le téléphone!

C'était ma mère qui s'angoisse. Elle a appelé plusieurs fois et il n'y avait personne. Elle ne s'imaginait tout de même pas qu'on allait sagement jouer aux sept familles le soir ! Je l'ai rassurée : on va bien, on s'entend bien, on mange bien, on se baigne bien et on sort ensemble sans se séparer. Je lui ai dit ce qu'elle avait envie d'entendre. Ouf ! Je peux continuer mon journal.

Ma soirée avec William a été super. Le grand jeu. Il m'a offert une glace au Calypso, un des glaciers les plus chics du port avec fauteuils confortables et piano-bar. On a encore beaucoup bavardé, mais ce soir, il m'a pris la main et ne l'a quasiment plus lâchée. Pour manger, ce n'était pas pratique, mais j'ai assumé. Lorsqu'il m'a raccompagnée, il m'a embrassée. J'ai été un peu déçue. Je ne saurais pas vraiment expliquer pourquoi. J'ai trouvé que c'était trop… calculé. Il y manquait la passion. Enfin, je sais pas, moi, j'avais imaginé autre chose. Clark Gable qui embrasse Scarlett… des violons, de la fougue. Margaux dirait que j'intellectualise trop. Elle a sans doute raison. Pourtant, je l'aime, William. La passion viendra peut-être plus tard, quand on se connaîtra mieux, quoique moi à Paris et lui à Londres, ça va pas être commode. L'année prochaine, après le bac, je pourrai partir étudier en Angleterre. Décider les parents ne sera pas facile, ma mère me couve trop, mais qui ne tente rien n'a rien. C'est ma devise.

Dimanche 19, vers 14 heures

Hou, j'ai pas l'habitude de me coucher si tard et j'ai pas trop les yeux en face des trous. Pourtant, il va falloir que je sois présentable. Aujourd'hui Robin ne travaille pas à la thalasso et il m'a promis de venir dans l'après-midi. Mais est-ce que je vais oser me mettre en maillot devant lui ? Et s'il ne m'aime plus après m'avoir vue presque nue ? Enfin, s'il m'aime... Il ne me l'a jamais dit. Je suis trop angoissée. Il vaut mieux qu'il ne vienne pas. Oui, mais s'il ne vient pas, je vais mourir d'ennui et mourir de ne pas le voir. Pas simple dans ma tête...

JOURNAL DE MADELINE

Dimanche 20, vers 14 heures

Margaux dort ou fait semblant. Elle est enfermée dans la chambre. Elle n'a rien mangé. Je suis certaine qu'elle a un problème. Lorsque Lisa sera à la plage avec Robin, j'irai lui parler, enfin pas trop longtemps parce que je dois sortir avec William.

Dimanche 20, le soir

Margaux boude toujours. À mon avis, elle s'est disputée avec Victor. Mais quand on lui pose la question, elle répond non avec l'air de penser oui. Elle est curieuse, Margaux. On dirait que rien ne peut la démonter tant elle a d'assurance et là, brusquement, elle est toute bizarre à cause d'un garçon. Si seulement elle se confiait... Mais c'est une véritable tête de mule !

Pendant que je lavais la vaisselle, une seule idée occupait mon esprit : est-ce que j'oserai me mettre en maillot ? J'étais tellement troublée que j'ai lâché un verre qui s'est cassé sur le carrelage. Madeline, assise sur le canapé en train d'écrire, a fait un bond de dix mètres ! Puis on a éclaté de rire devant le désastre. Ça m'a détendue un moment sans résoudre mon problème pour autant. Madeline a un super deux-pièces jaune et orangé, mais elle est mince et grande. Moi je n'ai que deux maillots, un une-pièce délavé par l'eau de la piscine et un deux-pièces qui a un peu rétréci (à moins que ce ne soit moi qui ai grossi, mais je préfère ne pas retenir cette hypothèse). Comme si elle était une voyante extralucide, Madeline a posé son cahier et m'a demandé : «Tu vas mettre quel maillot ?» J'ai bredouillé : «J'hésite.» «J'aime bien ton deux-pièces», a-t-elle ajouté.

«Ah bon?» «Oui, il met ta poitrine en valeur.» Elle se moquait de moi. J'ai piqué un fard et j'ai enchaîné: «Ouais, avec, j'ai tout de la vache à lait.» Elle a roulé des yeux étonnés et a assuré: «T'es folle, tu as une sacrée chance! Moi je suis aussi plate qu'une planche à pain et j'ai beau porter des soutiens-gorge à balconnet... y a rien au balcon.» J'ai pouffé de rire. Je ne pensais pas que Madeline pouvait être complexée. Comme quoi, on se croit toujours unique et quand on discute avec les autres, on s'aperçoit qu'eux aussi ont leurs problèmes. Je suis entrée dans la chambre pour enfiler mon maillot. Madeline est sortie de la salle de bains avec le sien. Elle m'a donné une pichenette sur les cuisses en me conseillant: «Tu as juste deux kilos à perdre par là.» Je le sais, je suis trop gourmande. Pour me venger gentiment, j'ai glissé un doigt dans son soutien-gorge et j'ai répliqué: «Et toi, tu as juste deux kilos à prendre par là.» Elle a souri et m'a expliqué: «J'essaie, mais quand je grossis un peu, c'est toujours des cuisses et jamais de la poitrine, alors tant pis. Je suis comme je suis, un point c'est tout.» C'est ce que je me répète pour me remonter le moral, sans aucun effet. Pourtant l'entendre de la bouche de Madeline m'a redonné la pêche. Mon optimisme n'a pas duré, il s'est dégonflé comme un ballon d'anniversaire dès que je suis descendue dans la crique avec elle, élégamment drapée dans un paréo bleu. Moi, je marchais à côté de cette gravure de mode, enroulée dans ma serviette.

Quelle classe elle a, cette fille ! Si ce n'était pas mon amie, j'en serais jalouse. Du coup, malgré toutes mes bonnes résolutions, j'ai gardé ma serviette nouée sur les hanches.

Lorsque j'ai aperçu Robin, lui non plus n'était pas en maillot, mais en chemise et bermuda. Sa guitare à la main, il a salué Madeline et m'a proposé : « Et si on allait répéter pour chanter ensemble ce soir ? » Madeline s'est presque étranglée : « Tu chantes ? » J'aurais préféré qu'elle ne sache rien. J'ai protesté : « Non, non », et j'ai entraîné Robin par le bras pour regagner l'appartement. Malgré la chaleur, j'ai laissé la baie vitrée fermée pour que personne ne puisse nous entendre et nous avons répété tout l'après-midi. Vers 19 heures, Madeline a frappé à la porte, je lui ai ouvert en lui annonçant que Robin m'avait invitée à souper. Sans lui donner le temps de réfléchir, je l'ai embrassée sur les deux joues en criant : « Ciao, à plus ! »

JOURNAL DE MADELINE

Dimanche soir, vers 20 heures

Margaux n'était pas sur la plage. Elle a dû partir avec Victor, mais tout de même, elle aurait pu nous

prévenir! Lisa est remontée avec Robin. Il est un peu
bohème avec ses cheveux mi-longs, ses vieux rangers,
ses chemises à carreaux, mais sympa. Et moi, j'ai
attendu tout l'après-midi monsieur William. Il ne
s'est pas montré. Je n'en reviens pas. Il m'a posé un
lapin. Je n'ose pas imaginer qu'il ait pu retourner en
Angleterre sans m'avoir dit au revoir! J'ai beau me
persuader que c'est impossible, qu'on s'entendait
bien, je sais qu'entre nous il n'y a rien eu de concret
à part... du bavardage et un baiser. Il a peut-être rencontré une autre fille...

Je fanfaronne devant Lisa: «On est comme on est»,
sans en penser un mot et j'envie ses formes. Moi, je
suis archiplate. C'est idéal pour être mannequin mais
ce n'est pas mon objectif et je crois que les garçons,
s'ils rêvent aux filles longilignes des couvertures de
magazines, préfèrent quelques rondeurs. Et puis
peut-être m'a-t-il trouvée ennuyeuse? J'ai trop parlé
de Londres. C'est vrai que la ville m'a emballée, mais
il se peut que les musées, les châteaux, les monu-
ments, ce ne soit pas sa tasse de thé. Ça m'étonne
tout de même que je me sois trompée sur lui à ce
point.

En attendant, ce soir, je suis toute seule comme
une imbécile. Enfin, non, on est deux. Margaux est
allongée dans la chambre, le baladeur sur les oreilles.
Elle est rentrée juste après le départ de Lisa, et
lorsque je lui ai demandé où elle était, elle m'a lancé:

« Avec Victor ! » Mais sincèrement, elle n'avait pas la tête de la fille qui a passé un après-midi génial avec le garçon qu'elle aime. Je suis sûre qu'elle a des ennuis. Ça lui ferait du bien de se confier, mais elle a refusé. Depuis, elle est enfermée dans la chambre. Soirée super gaie en perspective ! Je vais regarder un film débile à la télé. Ça me changera les idées. Broyer du noir ne servira à rien.

JOURNAL DE MARGAUX

Dimanche 20, le soir

Ça va pas. Pas du tout. J'ai le moral au-dessous des chaussettes et... Et puis j'ai pas envie d'écrire.

JOURNAL DE LISA

Lundi 21, le matin

Margaux dort encore mais Madeline est levée, j'ai entendu du bruit venant de la kitchenette. Il n'est pas très tard et je préfère simuler le sommeil pour ne pas étaler ma joie alors qu'elles n'ont pas la pêche.

Il est dégoûtant, ce William, d'avoir posé un lapin à Madeline. Il est déjà pas terrible, mais si en plus c'est un goujat! Du coup, j'ai un peu honte, parce que pour moi tout va pour le mieux! Robin est adorable et... je l'adore. J'ai même peur que ce soit trop beau et que ça s'arrête du jour au lendemain. De toute façon, ça va forcément s'arrêter puisqu'il ne nous reste plus qu'une semaine de vacances... Une semaine! Me séparer de lui dans une semaine, c'est pas possible. Autant m'arracher un œil ou un bras!

Hier soir, on a mangé dans un petit restaurant de pêcheurs à côté de la criée : moules frites. C'était mon premier repas en tête à tête avec un garçon et j'étais tellement stressée que j'ai eu du mal à avaler. Il y avait du monde, du bruit, on n'a pas beaucoup parlé, mais je sentais son regard sur moi et ça me troublait. Lorsque je levais les yeux de mon assiette, il me souriait. C'est lui qui a payé l'addition. C'était aussi la première fois qu'un garçon payait pour moi. J'étais un peu embêtée, mais c'était vachement romantique. Après, on a encore répété une heure dans un coin discret du port où sont amarrés les gros chalutiers, avant de commencer la tournée habituelle des bars et restaurants. J'ai chanté certains refrains avec lui. Je n'en reviens pas. Moi qui suis si timide, je me produis devant des gens que je ne connais pas. Un véritable exploit digne du grand livre des records! Je l'accomplis pour Robin, pour partager des moments avec lui. L'amour me transforme. Jamais je n'avais été amoureuse comme ça... En fait, je n'avais jamais été amoureuse. Enfin si. J'avais été amoureuse mais ce n'était pas réciproque. Et là, oui, je crois bien. Pour l'instant, c'est trop tôt, je ne peux pas être sûre à cent pour cent, seulement à quatre-vingt-dix...

Dans le dernier resto, les gens ont applaudi longtemps. J'étais souriante, heureuse, et le trac s'envolait. Nous avons salué ensemble, puis nous sommes sortis comme... comme des vedettes. Dehors, il m'a entouré les épaules de son bras et il m'a embrassée... différemment, avec plus d'amour et, je crois, un peu d'impatience.

Je me demande ce qu'auraient pensé Madeline et Margaux si elles m'avaient vue chanter en public? Dans le fond, je préfère qu'elles ne le sachent pas. Chanter? Être heureuse... Est-ce que j'en ai le droit alors que mon père est au chômage et qu'on manque d'argent à la maison? Est-ce que j'ai le droit de m'exhiber, alors que j'ai honte de mon corps? C'est là que quelque chose cloche. Il y a deux filles en moi, celle qui n'ose pas se montrer et celle qui voudrait bien. Tiens, si ce journal a au moins servi à me faire découvrir ça, ce ne sera pas si mal. Je le savais, mais c'était enfoui au fond de moi. Maintenant, c'est une évidence. Il faudrait que je me débarrasse de cette honte qui me colle à la peau. Comment?

JOURNAL DE MADELINE

Lundi 21, le matin

Margaux et Lisa dorment encore. De véritables marmottes! Moi, je ne peux plus tenir en place. Hier soir, je regardais un film pseudo-comique en ruminant ma tristesse et ma colère lorsque des cailloux ont heurté la baie vitrée. Margaux était toujours allongée sur son lit, les écouteurs sur les oreilles. J'ai grogné: «Margaux, c'est Victor!» Elle ne réagit pas. Agacée, je me suis levée, j'ai arraché un des écouteurs et j'ai crié: «Margaux, Victor t'appelle!» «Ça m'étonnerait», m'a-t-elle répliqué d'un ton rogue. «Si, si, il jette des cailloux sur la vitre, dépêche-toi il va finir par la casser.» Et là, elle prend un air affolé, se blottit dans un coin du lit et bredouille en fondant en sanglots: «Je veux pas le voir. Dis-lui que je ne suis pas là. Que je suis partie. Invente n'importe quoi, mais je veux pas le voir!»

À moitié étonnée seulement, je m'approche d'elle pour la consoler, tandis que les cailloux martèlent la vitre. Je hurle en direction de la baie vitrée : « Hé, ho, doucement, on arrive ! » en sachant très bien que c'est inutile. Avec le bruit de la mer et celui de la télé, Victor ne peut pas m'entendre. Mais impossible de laisser Margaux dans cet état. Je la réconforte : « Calme-toi, la porte est fermée, la fenêtre aussi, il ne rentrera pas de force. » Elle m'accorde un sourire timide. Je lui tends un mouchoir en papier, elle se mouche, s'essuie les yeux. Je m'assieds sur son lit et l'encourage : « Raconte, ça te soulagera. » Elle me raconte tout... Je n'ose pas lui dire que je le sentais, que ce Victor et ses copains ne m'avaient pas fait bonne impression. Je la serre dans mes bras et je la câline comme un bébé. Soudain, je sursaute. Une volée de graviers vient d'atterrir sur la baie. Je me lève d'un bond en rouspétant : « Pour qui se prend-il ? Non seulement c'est un mufle, mais en plus il vient nous casser les pieds à domicile ! » Je suis remontée. Il va savoir de quel bois je me chauffe ! Je pousse la baie, je sors sur la terrasse comme une furie et là, sur le chemin des douaniers, j'aperçois... William, sur la pointe des pieds, le cou tendu et la main pleine de graviers, aussi furieux que moi, qui ronchonne en anglais : « Tu es sourde ? Il y a une heure que j'envoie des cailloux pour attirer ton attention sans réveiller tes copines ! » Soulagée, j'éclate d'un rire sonore. Je rentre dans l'appartement et je crie à Margaux : « Pas de panique, c'est William ! » William, qui n'y comprend rien, continue de me parler, tandis que Margaux, émergeant de son lit, le visage boursouflé, marmonne d'une voix encore tremblante : « William, qui lance des cailloux ? Non, je le crois pas ! » Moi non plus, et pourtant, c'est bien lui, le si chic et si sérieux William qui se dévergonde. C'est bête, mais je suis heureuse de le découvrir un peu moins sérieux et heureuse qu'il soit là, tout simplement. Je reviens sur la terrasse et lui fais signe que je descends le rejoindre. Ça m'ennuie un peu de laisser Margaux seule avec son chagrin, mais je lui promets de ne pas être trop longue et, au retour, de discuter la nuit entière avec elle. Elle m'accorde un sourire mouillé de larmes et soupire : « T'inquiète pas, je survivrai, amuse-toi bien. À plus. »

Tiens, Margaux se lève enfin et va déjeuner. Elle a retrouvé la forme. Il a dû se passer quelque chose pendant que j'étais avec William, il faudra qu'elle me raconte sa soirée. Zut, le réfrigérateur est vide et si on ne veut pas mourir de faim, il faut que je m'occupe des courses. Je ne peux pas compter sur les filles, elles ne savent jamais ce qu'il faut acheter. Enfin, c'est ce qu'elles prétendent, mais c'est une bonne excuse pour que ce soit moi qui m'y colle.

Lundi 21, le matin

Lisa est sous la douche et Madeline est de corvée de ravitaillement. Moi, j'ouvre juste les yeux et je profite de ma solitude pour prendre mon journal que j'avais délaissé. Normal, je n'avais pas du tout envie de ressasser mes malheurs. Maintenant, ça va mieux.

Hier soir, après que Madeline est partie avec William, je broyais du noir. Mes vacances viraient à la catastrophe alors que Lisa et Madeline filaient le parfait amour. Je suis sortie sur la terrasse pour respirer l'air du large. Sur la plage, des jeunes avaient allumé un feu et jouaient de la guitare et du djembé. Je suis descendue et, mine de rien, j'ai marché les pieds dans l'eau. Deux minutes plus tard, l'un d'entre eux m'apostrophe : « Tu veux une saucisse grillée ? » Une heure plus tôt, j'avais refusé le poisson surgelé que Madeline avait mis au four parce que j'étais furieuse contre moi, contre Victor, contre la terre entière et que ça me coupait l'appétit. Du coup, j'avais faim… Je me suis approchée. Des sacs à dos pleins à craquer et des duvets étaient entassés loin du feu. Ils sont trois cousins : Maxime, Laurent et Didier. Ils ont un accent bizarre et marrant. Pas étonnant, ils viennent de Belgique et ont traversé la

France à pied, et en stop. Chaque année, ils partent ainsi en vacances, c'est amusant, pas cher et idéal pour les rencontres. Maxime, l'aîné, a 22 ans et le plus jeune et le plus mignon, c'est Didier, qui a 18 ans. Je me suis assise sur le sable et, tout en mangeant un sandwich à la saucisse grillée, ils m'ont décrit « la route ». Il paraît que c'est toute une philosophie et que les routards sont des gens sympas et sans histoire. Je ne demande qu'à les croire, d'ailleurs je me sens bien avec eux. Pourtant, dans ma tête, une lumière rouge clignote pour me prévenir : « Attention, Victor t'a déçue, ne te fie pas aux premiers venus ! » Je me suis arrêtée un moment de manger et je les ai regardés l'un après l'autre. D'accord, ils étaient un peu crades, le jean troué, le t-shirt délavé, les cheveux gras, mais ils voyagent depuis un mois, les campings sont tous complets et ils ne savent pas où se laver. La mer, ça mouille mais ça poisse. Je leur ai proposé de venir demain matin prendre une douche à l'appart et...

Mince, quelle heure est-il ? Ils vont arriver et je n'ai pas prévenu Madeline. Ça va être ma fête !

Lundi 21, 14 heures

Je n'en suis toujours pas revenue ! J'ai cru qu'on était attaquées par une bande de voyous qui avaient enjambé la terrasse ! Lorsque je suis sortie de la douche, enroulée dans ma grande serviette, il y avait trois garçons dans l'appartement. Je pousse un cri de surprise et Margaux lance, laconique : « Des copains. » Mais elle n'a pas le temps de m'en dire plus car la clef tourne dans la serrure. Sur le visage de Margaux, je lis la panique la plus complète. Dès que Madeline franchit le seuil, elle la prévient : « Ne crie pas, je vais t'expliquer. » Curieusement, Madeline ne crie pas. Elle pose son panier sur le sol, regarde les garçons, fait la moue et répond d'un ton peu convaincant : « Vas-y, je t'écoute. »

Mal à l'aise, les garçons se sont approchés de la porte, mais Margaux les retient par le bras et raconte sa soirée. Elle s'excuse de ne pas nous avoir tenues au courant, mais lorsqu'elle est rentrée, elle s'est couchée, s'est endormie tout de suite et n'a entendu ni le retour de Madeline ni le mien. Maxime, le plus vieux, s'excuse à son tour de s'être imposé, il pensait que nous étions d'accord. Son accent fait sourire Madeline. En quelques mots, avec beaucoup d'humour, il décrit la galère du routard belge désargenté. Finalement,

Madeline ouvre le placard et leur tend trois serviettes. Pendant qu'ils se succèdent sous la douche, on bavarde et on rit. Là, Madeline se surpasse en proposant : «Prenez le petit-déjeuner avec nous, pendant ce temps, je ferai tourner une machine avec vos pantalons et vos t-shirts.» Ils acceptent et restent en maillot de bain et torse nu. Ils sont plutôt beaux garçons. Je n'ose pas les regarder. C'est bête, parce que sur la plage, je ne les aurais même pas remarqués, mais dans un appartement, trois garçons à moitié nus, c'est un peu gênant. Je suis trop pudique. Margaux court à la boulangerie acheter deux baguettes supplémentaires, je mets la table sur la terrasse et Madeline prépare le thé, réchauffe le lait, cuit des œufs au plat, sort les céréales, un jus d'orange et les confitures. Le grand jeu! Dommage qu'après, ça se soit gâté.

JOURNAL DE MARGAUX

Lundi 21, le soir

Eh bien, ça s'est moins mal passé que je ne l'avais imaginé... enfin, pour moi et mes nouveaux copains... Pour Madeline, c'est une autre histoire, plutôt moche. Lorsque les garçons ont été douchés, coiffés, changés, on s'est pris un petit-déjeuner pantagruélique (mot préféré de notre prof de français et qu'elle met à toutes les sauces). En un rien de temps, ils ont liquidé les œufs, la bouteille de jus d'orange, un pot de confiture et les deux baguettes ! Pour leur défense, il faut dire qu'un petit-déjeuner riquiqui dans un bar coûte au moins 6 euros, alors ils en ont profité puisqu'ils avaient ici tout à volonté. Ils nous ont raconté des choses passionnantes, comme s'ils avaient déjà vécu mille vies. Du coup, la mienne me semble fade… et je me demande si vivre dangereusement, ce n'est pas ça l'important. Il ne faut pas s'économiser. Il faut foncer. Sinon on ne vit pas. On survit.

On s'est vraiment beaucoup marrés. On était détendus, heureux d'être en vacances. Lisa oubliait ses complexes et chahutait avec Laurent. Madeline blaguait avec Maxime, et moi je me laissais draguer par Didier. Il est craquant. Je crois que je ne lui déplais pas non plus… Et puis William est arrivé. Il est malade, ce mec ! J'ai eu de la peine pour la pauvre Madeline. J'espère bien qu'elle va laisser tomber un garçon aussi jaloux. Moi, en tout cas, je ne le supporterais pas. Il a cassé l'ambiance, mais les Belges ont été formidables et on est tous descendus sur la plage pour changer les idées noires de Madeline (sauf William, évidemment.) On s'est baignés. Lisa s'est mise en maillot sans trop de chichi. Je la trouve mieux depuis deux ou trois jours, moins coincée, moins peureuse, plus épanouie. C'est sûrement grâce à Robin.

JOURNAL DE MADELINE

Lundi 21, le soir

Cette Margaux, elle n'en fera pas d'autres ! Inviter des routards à prendre une douche ! N'importe quoi ! Enfin, devant sa mine catastrophée et comme elle avait déjà eu des déboires avec Victor, je suis restée zen, d'autant qu'ils sont très gentils. Pas une seconde, je n'avais imaginé que William allait tout gâcher. J'en suis encore toute retournée. Avec lui, c'est le système des douches écossaises. (C'est de l'humour involontaire parce que je n'ai pas du tout envie de rire.) D'abord j'ai cru qu'il avait regagné l'Angleterre sans un au revoir, et puis il revient hier soir en m'expliquant que ses parents l'avaient obligé à visiter Béziers sans qu'il n'ait eu le temps de me prévenir. Moi, contente de le retrouver, je lui pardonne. Comme les autres jours, nous bavardons et je me rends compte que nous avons de nombreux points communs. J'ai l'impression d'avoir rencontré mon « sosie de pensée ». C'est rare et c'est génial. Du coup, je me sens moins seule, moins unique, moins vulnérable et plus du tout hors norme. Aujourd'hui il a tout détruit. J'en ai pleuré de colère et de désespoir.

Nous étions en train de petit-déjeuner tous les six sur la terrasse. C'est vrai qu'il était presque midi, qu'on faisait du bruit et qu'on riait beaucoup. William a dû frapper à la porte. On ne l'a pas entendu. Il a ouvert. Une fois de plus, Margaux n'a pas refermé à clef à son retour de la boulangerie. Et ce n'est pas faute de le lui répéter ! Lorsque nous sommes sur la terrasse, n'importe qui peut entrer sans qu'on s'en aperçoive. La preuve ! Soudain, William était là, l'air ébahi, les lèvres pincées, l'œil furieux. Mon rire s'est arrêté net et j'ai bredouillé : « Heu... William ! » comme si j'avais vu un fantôme. Il a lancé sèchement en anglais : « Et tu oses me faire croire que je t'ai manqué ! » Je me suis levée d'un bond en renversant ma chaise. Gênés, les trois garçons se sont levés aussi. William les a regardés et a crié : « Mais... ils sont nus ! » Malgré le ton ulcéré de William, ou à cause de lui, les trois Belges ont éclaté de rire. Ils ont eu tort. William s'est sans doute senti offensé car il s'est exclamé avant de tourner les talons : « Avec lequel as-tu couché ? Avec les trois peut-être ? »

J'aurais dû lui courir après, le rattraper, lui expliquer. Je n'ai pas pu. J'étais morte de honte. Humiliée. Maxime a relevé ma chaise, m'a pris la main et je me suis assise. Assommée. Jamais je n'aurais imaginé que William, le calme et sage William, devienne si parfaitement odieux. Tout le monde est resté silencieux, sous le choc. Puis les garçons nous ont remerciées, ont repris leurs sacs qui encombraient le studio et ils sont sortis. J'ai entendu Margaux leur dire qu'avec le soleil et le mistral qui soufflait depuis le matin, leurs fringues seraient sèches dans la soirée. Lisa et elle ont débarrassé la table. Je n'avais plus aucune réaction. Quelque chose venait de se briser en moi.

Journal de Lisa

Lundi 21, le soir

Eh bien, si c'est comme ça l'amour, c'est moche! Être jaloux et idiot à ce point-là! Il fallait voir sa tête, à William! La même que s'il avait surpris Madeline en pleine orgie! Bon d'accord, les trois routards étaient en maillot et on se marrait bien, mais c'est pas une raison! Les Anglais sont franchement coincés… La pauvre Madeline est à ramasser à la petite cuillère.

L'après-midi aurait dû être tristounette, mais c'était sans compter sur le dynamisme des Belges. Ils devaient se sentir un peu fautifs et ils ont mis le paquet pour détendre Madeline. On s'est retrouvés sur la plage, on s'est baignés, on a bronzé et on a même joué au volley. Au début, je n'osais pas, j'aime pas courir, sauter en maillot à cause de ma poitrine qui ballotte. Finalement, j'ai enfilé un t-shirt et je n'y ai plus pensé... On s'est vraiment bien amusés. Même Madeline.

Ce soir, je vais rejoindre Robin. Ça m'ennuie de laisser Madeline et Margaux... quoique pour Margaux, je ne me fais plus de souci, elle a un ticket avec Didier et, selon le mot de Michel Blanc dans *Les Bronzés*, elle ne va pas tarder à «conclure». Je n'en reviens pas d'être la seule des trois à sortir avec un garçon. Est-ce que pour une fois ce serait moi la chanceuse? Je croise les doigts pour éloigner le mauvais œil.

JOURNAL DE MADELINE

Mardi 22, le matin

Je n'ai presque pas dormi, j'étais trop malheureuse. J'avais réussi à faire bonne figure devant les autres, mais je ne supportais pas d'être fâchée avec William. Il s'était conduit comme un mufle, d'accord, mais j'étais certaine que c'était parce que sa droiture, sa fidélité ne supportaient aucun compromis. Après souper, j'ai annoncé aux filles que j'avais besoin d'un peu de solitude pour réfléchir et que j'allais me balader. Elles ont été adorables et m'ont embrassée comme si j'étais une grande malade.

Lisa a rejoint Robin et Margaux a retrouvé les Belges dans la crique (et surtout Didier). Je l'ai mise en garde pour ne pas qu'elle s'emballe trop vite et subisse la même déception qu'avec Victor. Elle m'a assuré qu'elle ferait gaffe. Mais ces garçons-là ont l'air plus fiables.

Moi, j'avais mon idée. Je suis allée jusqu'au bar des Sables d'or, je me suis assise à la même table que lors de mon premier rendez-vous avec William, et j'ai attendu. C'était idiot et puéril, mais j'avais le secret espoir que s'il passait par là, il me verrait et qu'on s'expliquerait. J'étais très mal à l'aise. Je déteste être seule dans un bar. J'avais commandé un soda et je fixais mon verre pour éviter de croiser le regard d'un garçon cherchant une aventure. Tout à coup, j'ai pensé : « Et si William s'imaginait que je viens là justement pour chercher une aventure ? » Je me suis affolée. Je ne devais pas rester là. Et puis, je me suis dit : « Eh bien, s'il croit ça, c'est qu'il est nul et qu'il vaut mieux le laisser tomber. » C'est curieux, un cerveau. En dix secondes, il peut nous envoyer des avis complètement contradictoires. Je tentais de me calmer en respirant profondément, et lorsque j'ai levé les yeux de mon verre, il était devant moi, un timide sourire aux lèvres. Il a bredouillé : « Toi aussi, tu es là ? » J'ai répondu : « Ben, oui, comme tu vois. » Il a continué : « Je suis venu, à tout hasard... »

Après s'être assis en face de moi, il a ajouté : « Je me suis conduit comme un imbécile. » J'ai souri. Je ne pouvais pas lui rétorquer : « En effet. » Il a poursuivi : « Tu m'en veux ? » J'ai haussé les épaules, mais une voix intérieure me soufflait : « Ben oui, patate, je t'en veux à mort. Tu m'as gâché ma journée parce que j'ai cru qu'on ne se reverrait jamais. » Toujours un demi-sourire aux lèvres, j'essayais d'être le plus glamour possible. J'aime bien jouer la mystérieuse outragée. D'ailleurs, ça a marché. Il a pris ma main qui traînait exprès sur la table et a enchaîné : « Je suis désolé, j'ai pété les plombs. Te voir avec d'autres garçons, je supporte pas. »

Ma mère affirme qu'un homme qui reconnaît ses erreurs et s'excuse est une perle rare à conserver. D'accord, mais quand même, je n'ai pas l'intention de me laisser dominer par un macho ! Et pourtant, si je suis revenue dans ce café, c'est que je suis amoureuse, non ? Hou, c'est d'un compliqué, la vie !

Mon silence a dû le perturber. Il s'attendait peut-être à ce que je lui tombe dans les bras au premier mot. Il s'est levé, m'a tirée par la main : « Viens, j'ai quelque chose à te dire, mais pas ici. » Je l'ai suivi. Nous avons traversé la route, puis descendu l'avenue Paul-Baudasse. La mer était devant nous. Nous avons emprunté le chemin des Douaniers en longeant la plage déserte. Comme tous les soirs, la lune miroitait dans l'eau. Des vaguelettes léchaient le sable. Pas un bruit. J'adore cet endroit. J'ai l'habitude de m'y promener avec mes parents depuis que j'ai 7 ans. Plusieurs fois, j'ai pensé : «J'aimerais venir ici avec un garçon et qu'il me déclare son amour, là, sous les tamaris.»

William s'est arrêté, a plongé son regard dans le mien et a murmuré : «Je t'aime, Madeline.» Il s'est penché vers moi et m'a embrassée. J'aurais dû exploser de joie, mais je suis restée incroyablement calme. Trop. Maintenant que j'y réfléchis, je trouve que c'était moins beau que dans mon rêve, comme s'il y avait quelque chose de cassé entre nous. Je ne sais pas si les morceaux se recolleront.

Journal de Margaux

Mardi 22, midi

Madeline m'agace. Hier j'ai failli la rembarrer lorsqu'elle m'a mise en garde contre Didier. Ce n'est pas parce que Victor est un salaud et William un affreux macho que tous les garçons sont à mettre dans le même panier ! Je crois qu'elle supporte mal de s'être trompée pour William parce que, d'après moi, elle en était vraiment amoureuse. Peut-être que pour elle, c'était la première fois ? Je la connais bien Madeline, elle est plus vieille que moi, plus intelligente et plus travailleuse, mais pour l'amour, je suis plus en avance qu'elle. Elle cherche l'oiseau rare et m'a toujours affirmé qu'elle ne se laisserait embrasser que le jour où elle l'aurait rencontré ! Moi, je suis plutôt pour vivre plusieurs expériences afin de pouvoir choisir en toute connaissance de cause ! Si on attend le prince charmant, on risque de finir vieille fille ! On a eu de nombreuses discussions à ce sujet sans jamais tomber d'accord. En tout cas, Didier est super ! Pas du tout le mauvais genre de Victor. C'est un routard, d'accord. Il aime l'aventure, les vacances sac au dos, l'imprévu, il ne se douche pas tous les jours, mais il est gentil et très drôle. Ses copains aussi. D'ailleurs, je verrais bien Madeline avec Maxime, le plus âgé. Il m'a posé quelques questions sur elle. Je lui ai répondu en faisant un peu mousser ma copine… et en lui assurant que sa romance avec William était terminée. Comme ça, il a le champ libre…

Hier soir, Madeline était couchée lorsque je suis rentrée, mais comme elle ne dormait pas, je lui ai demandé : « Tu ne t'es pas trop ennuyée, toute seule au clair de lune ? » Et elle m'a assuré : « Non, pas du

tout, au contraire, et toi?» «Tout baigne», j'ai soufflé avant d'entrer dans la chambre.

Ce matin, elle avait une mine resplendissante, enfin
pas la tête de la fille fâchée avec son petit ami. Mais
je n'ai pas osé la questionner. Après tout, si elle a
réussi à surmonter son chagrin, mieux vaut ne pas
enfoncer le couteau dans la plaie. J'avais proposé aux
Belges de venir petit-déjeuner avec nous, ils ont
refusé, mais Didier a promis d'apporter le dessert
pour le repas de midi et Maxime achètera une bouteille de cidre. «C'est moins cher que le champagne
et ça fait aussi des bulles», a-t-il expliqué en riant.
Tous les trois sont écologistes, végétariens, et contre
le tabac, l'alcool et la drogue. Décidément, ils sont
vraiment bien ces routards. J'espère que Madeline va
sauter au cou de Maxime.

JOURNAL DE LISA

Mardi 22, le soir

Je n'ai plus grand-chose à noter dans ce journal,
sauf que je suis heureuse, et ça, je n'ai pas trop envie
de l'écrire. Par superstition. On ne sait jamais… Et
puis, à la fin des vacances, que va-t-il se passer? Je

regagnerai Paris avec les filles et Robin restera dans le Midi. Ça me fait flipper. Alors, à quoi bon perdre du temps à tout raconter au lieu de se contenter de vivre ? Hier soir, j'ai chanté avec lui et c'étaient des minutes de bonheur que je n'oublierai pas.

Demain, il viendra me chercher à moto et nous irons chez lui à Balaruc où il me montrera ses sculptures. J'ai hâte d'y être. J'ai le sentiment que pénétrer dans son univers créera des liens indestructibles entre nous.

JOURNAL DE MADELINE

Mardi 22, le soir

Je n'ai pas annoncé à Margaux et à Lisa que je m'étais réconciliée avec William. Je crains leurs réflexions.

Lorsque les Belges sont arrivés vers 1 heure, avec une bouteille et des gâteaux, j'étais plutôt surprise, et ma foi assez contente. Encore un coup de Margaux ! D'ailleurs, elle m'a lancé un regard mi-inquiet, mi-joyeux. J'ai quand même fait une petite prière muette pour que William ne rapplique pas... Il aurait pu prendre notre réunion pour de la provocation. On a mangé la tarte, bu le cidre, et surtout on a beaucoup plaisanté. Maxime est prévenant, gentil, et il me dévore des yeux. Ça me gêne. Il doit penser que je suis libre et je ne le suis pas. La vie est curieuse tout de même ! Je suis loin d'être une allumeuse, et je n'avais jamais intéressé aucun garçon jusqu'à cet été... Et maintenant, j'en ai deux ! Très différents. William, le sérieux qui partage mon amour de l'Angleterre, de l'histoire, du théâtre, du cinéma, et Maxime, que je connais moins mais qui est si attentionné et si drôle. Un Anglais. Un Belge. Un jaloux. Un doux. Un qui m'aime et me le dit. Un qui ne m'aime pas encore tout à fait. Un que j'aime, et un que je pourrais aimer. Hier soir, j'étais certaine d'être amoureuse de William, malgré sa crise de jalousie, maintenant, un petit doute s'insinue en moi et c'est affreux. Comment faire pour choisir entre deux garçons ? Je ne suis pas Margaux qui prend un garçon, le teste et le jette ! Enfin, là, j'exagère, si elle lisait ça, elle serait furieuse ! Mais c'est vrai qu'elle et moi n'avons pas le même caractère. Parfois, je me demande par quel miracle nous continuons à être amies. C'est sûrement comme le disait je ne sais plus quel écrivain : « Parce que c'était elle ; parce que c'était moi. » (Penser à regarder sur mon livre de français le nom de l'auteur et l'exactitude de la citation.)

Mercredi 23

Je n'en reviens pas! Madeline s'est réconciliée avec William. Elle est folle! Pourtant, j'avais l'impression qu'elle n'était pas indifférente au charme de Maxime. Ils ont ri en mangeant la tarte, et aussi sur la plage l'après-midi. William ne vient jamais nous rejoindre dans la crique. Il paraît qu'il visite la région avec ses parents et que, de toute façon, il est allergique au soleil. À son âge, il pourrait envoyer promener les excursions pour rejoindre la fille qu'il aime! Moi, si j'étais lui, c'est ce que je ferais... parce que pendant qu'il n'est pas là, Maxime s'occupe de Madeline. Tant mieux, je préfère Maxime à William. Il est plus drôle, moins coincé et il parle français! Lisa n'était pas avec nous. Robin est venu la chercher à moto vers 2 heures. Elle a de la chance, il est bien, son Robin.

Pour moi, ça va pas mal non plus. Je me suis beaucoup amusée dans l'eau avec Didier... Et, allongés à plat ventre sur le sable, nous avons discuté. Il avait passé son bras autour de ma taille. C'était très agréable, mais je ne pense pas que ce soit le Grand Amour (avec des majuscules). Il y manque de la passion. C'est trop calme. Moi, je voudrais tomber vraiment amoureuse, en perdre la tête, être entraî-

née dans un tourbillon de plaisir et de sentiments...
Ce qu'on appelle le coup de foudre. Je l'attends toujours... mais bon, il faut bien s'occuper, et sans le moindre petit amour, les vacances seraient mortelles !

JOURNAL DE LISA

Jeudi 24, le matin

La salle de bains est prise, alors j'écris.

Hier, fantastique journée. D'abord, le voyage à moto jusqu'à Balaruc, ma tête contre le dos de Robin. La vitesse, le vent et un peu la frousse... mais c'était bon.

Ses parents habitent une vieille maison de pêcheur et Robin a transformé un appentis en atelier. Il travaille la terre glaise et le bois. Il y a des sculptures partout : sur des étagères, à même le sol. Des pièces terminées, d'autres en chantier. Dans la terre, il façonne des animaux mythiques féroces ou drôles, et dans le bois, il sculpte des formes bizarres. Il m'a expliqué qu'elles représentent la liberté, le bonheur, l'amour, la paix... Il a beaucoup d'imagination. C'est beau. Moi, je suis bonne en dessin, pourtant, quand je vois ce qu'il réalise, je me sens nulle. Je sais reproduire un tableau, une photo, une image, mais inventer, créer vraiment, j'en suis incapable. Il me rassure : « Si tu étudies aux Beaux-Arts, tu auras des profs qui t'apprendront. » Alors, c'est décidé, après le bac, je m'inscris aux Beaux-Arts de Montpellier. Comme ça, je ferai ce que j'aime avec le garçon que j'aime. Je préfère ne pas penser au moment où j'annoncerai cette décision à mes parents... Ça va chauffer. Tant pis. Je ne vais pas laisser passer l'amour pour des études d'ingénieur qui ne me tentent plus du tout. Ma vie est à moi ! De l'écrire me donne de la force, mais devant les parents, ce sera une autre paire de manches !

JOURNAL DE MADELINE

Jeudi 24, le soir

J'ai enfin appris à Maxime que je sortais avec William. Son visage s'est assombri, mais il a été génial. Il m'a textuellement répondu : « Je m'étonnais aussi qu'une fille aussi formidable que toi soit libre. » Alors là, le ciel m'est tombé sur la tête. Libre, je l'étais depuis toujours avant l'arrivée de William ! Et

William, justement, n'avait pas réagi aussi gentiment lorsqu'il m'avait vue avec Maxime. Il y a un fameux remue-ménage dans ma tête! J'aime William, mais j'ai très envie d'aimer Maxime. Comment expliquer ça? J'ai des réactions de midinette alors que je n'en suis plus une. J'ai 17 ans tout de même! Il est plus que temps que je sache ce que je veux! Eh bien raté, je n'en sais rien. Est-ce que Margaux m'aurait filé son virus? Je plaisante pour essayer de dédramatiser, et pourtant mon indécision me rend malheureuse.

JOURNAL DE MARGAUX

Vendredi 25

Hier soir, avec Didier et ses copains, nous sommes descendus en ville. Maxime avait le blues. Il aurait bien voulu que Madeline soit avec nous, mais elle avait rendez-vous avec William. Personnellement, j'aurais choisi Maxime, mais bon, elle c'est elle et moi c'est moi. Pourtant, en ce moment, elle n'est pas spécialement en forme, Madeline. Elle a la tête de quelqu'un qui se pose des questions sans trouver de réponse. Elle est dans les nuages, n'écoute pas quand on lui parle, s'énerve pour un oui ou un non. Bref, elle n'est pas dans son assiette. J'aimerais bien l'aider, mais comment ? Je ne sais pas si elle accepterait mes conseils.

Ce soir, alors que j'étais sur le port avec Didier, j'entends une chanson de Brassens et une voix que je connais juste devant le café de la Marine. Je m'arrête, j'écoute. Pas de doute, c'est Lisa ! Je m'avance et je l'aperçois à côté de Robin. J'en reste comme deux ronds de flan ! Je recule rapidement pour qu'elle ne me voie pas. Je ne m'attendais pas à ce que la timide Lisa chante à une terrasse de café ! Madeline ne va pas en revenir... mais ça m'a donné une idée.

Journal de Madeline

Vendredi 25

C'est l'avant-dernier jour. Je suis mal dans ma peau. Vraiment mal. Tout l'après-midi je suis avec Maxime, je m'amuse, je ris, je discute, et le soir je suis avec William à qui je n'ai évidemment pas parlé de mon attirance pour Maxime. Je les trahis tous les deux. Enfin, non, pas Maxime parce qu'il est compréhensif, lui. Mais William...

Pourtant, j'apprécie nos soirées à marcher main dans la main le long de la plage. J'aime lorsque nous nous asseyons sur le sable encore tiède. J'aime lorsqu'il m'embrasse... Mais est-ce que c'est lui que j'aime ou le cadre? Depuis que j'ai rencontré Maxime, je n'arrive plus à savoir si je suis vraiment amoureuse de William. Je suis idiote. Complètement idiote.

Hier soir, on a préparé une énorme surprise à Lisa. Margaux avait tout combiné. Elle avait entraîné les Belges en ville, et moi j'avais réussi à persuader William d'abandonner notre promenade romantique pour une balade sur les quais. J'appréhendais beaucoup la rencontre de Maxime et William, mais je n'en ai rien laissé paraître. On s'est retrouvés «par hasard» devant les halles. Margaux et moi, nous avons poussé quelques cris étonnés. William a froncé les sourcils, Maxime a souri. Je crois qu'il n'était pas dupe. Ils se sont serré la main. Ouf! Margaux a proposé : «Et si on buvait un pot à la Marine?» Didier devait être dans le coup, car il a immédiatement accepté. Moi, évidemment, j'étais enthousiaste. On s'est installés à une table et on a commandé. Lorsque Lisa et Robin se sont mis à chanter, ça a été un moment formidable. C'était marrant de l'observer sans qu'elle le sache. Elle se débrouillait bien. Et puis, elle nous a vus. Elle a rougi et a savonné un peu sur les paroles du refrain, mais elle s'est rattrapée comme une pro et a terminé sous les applaudissements nourris des clients et nos hurlements d'encouragement. Même William s'est déchaîné pour faire une ovation à Lisa.

Tard dans la nuit, nous sommes revenus ensemble au quartier de la Corniche, sauf Robin qui voulait rentrer rapidement à Balaruc parce qu'il travaillait à 7 heures au centre de thalasso. Avant d'enfourcher sa moto, il a longuement embrassé Lisa. Pour eux aussi, c'est l'avant-dernier jour ! Le long de la route, on marchait par deux… comme à l'école. Laurent et Lisa (ils discutaient ensemble de Brel qui est belge), Didier et Margaux, William et moi. Loin devant, il y avait Maxime, tout seul, et j'en avais mal au ventre. Je tenais la main de William, mais je regardais Maxime. La honte.

JOURNAL DE LISA

Samedi 26

C'est le dernier jour. Je n'arrive pas à le croire. C'est comme si on allait m'arracher le cœur. Et pourtant, Robin et moi on s'est juré de se revoir. Il va essayer de s'inscrire aux Beaux-Arts de Paris… Et si les inscriptions sont closes, il m'a promis de venir pour les vacances de la Toussaint. Le dernier jour. Aujourd'hui, Robin ne travaille que le matin à la thalasso. On va se fabriquer des souvenirs avant notre séparation...

JOURNAL DE MARGAUX

Samedi 26

Le dernier jour. C'est moche, parce que j'ai l'impression de ne pas avoir profité des premiers jours. Heureusement que j'ai rencontré Didier ! Mais je le connais à peine et on va déjà se séparer. Peut-être qu'on se reverra. La Belgique, ce n'est pas si loin ! Et puis ça me fera toujours des trucs à raconter aux copines de classe. Elles ont toujours vécu des choses passionnantes pendant les vacances. Cette année, je pourrai moi aussi leur en mettre plein la vue... Il suffira de broder un peu. Lisa a pleuré presque toute la nuit. Pour elle, ce doit être très dur parce qu'elle s'entend vraiment bien avec Robin.

Samedi 26

Dernier jour. Ces quinze jours ont passé si vite. Trop vite. Et j'ai deux garçons dans le cœur! William m'a promis de venir en France à Noël. Il a ajouté qu'il prendrait une chambre d'hôtel, pour être plus libre. Libre de quoi? Libre de coucher ensemble? Je ne sais pas si j'en ai envie, si je l'aime vraiment, si... Je trouve qu'il y a beaucoup de si. Si j'étais folle de lui, il y en aurait moins. Et voilà, j'analyse trop. Je manque de spontanéité, je me pose trop de questions. J'avance pas...

Dans l'après-midi, Maxime et moi nous avons échangé nos adresses, nos numéros de téléphone et nos e-mail, puis il m'a pris la main et l'a gardée en plongeant son regard dans le mien. Il a murmuré d'une voix sourde, magnifique: «Je suis arrivé un poil trop tard. J'aurai du mal à m'en remettre, mais que veux-tu, c'est la vie.» Cette phrase m'a bouleversée. Dans la nuit, j'ai pleuré. Pleuré parce que je ne savais pas où j'en étais et qu'il me semblait impossible d'aimer deux garçons à la fois.

Samedi 26

On est dans le train, aux alentours de Lyon. Je prends ce journal pour la dernière fois.

Robin et les autres sont venus nous dire au revoir sur le quai. Ils n'auraient pas dû. J'ai quitté les bras de Robin une seconde avant la fermeture des portes, et dès que je ne l'ai plus vu sur le quai j'ai fondu en sanglots. Madeline et Margaux n'avaient pas le moral non plus. C'est moche de terminer les vacances en pleine déprime. Mais n'est-ce pas le propre des vacances réussies? Si j'arrive en larmes à la maison, ma mère ne va rien y comprendre. J'ai envoyé deux cartes à la maison avec des messages brefs du genre : « Beau temps, on se baigne, on s'amuse bien. »

On est chacune en train d'écrire, mais je ne pense pas qu'on se montre nos cahiers, c'est trop personnel. J'ai juste envie de leur faire lire la dernière ligne : « J'ai vécu les plus belles vacances de ma vie. Merci, les filles ! »

Journal de Margaux

Samedi, dans le train

J'ai bien cru que la pauvre Lisa allait sangloter jus-qu'à Paris! Je ne savais pas comment la consoler, d'autant que pour moi, c'est pas la joie non plus. Je déteste la fin des vacances parce que ça signifie qu'il faut retourner au lycée. Et l'entrée en première n'a rien de réjouissant. Didier me plaît, mais je ne pense pas que ce soit le garçon de ma vie. Dans le fond, j'ai peur de rater le Grand Amour, de croire que ce n'est pas lui alors que ce sera lui ou l'inverse, de m'em-baller pour un garçon qui ne sera pas celui qui m'est destiné. Ma grand-mère m'affirme qu'il y a sur la planète un homme qui m'est destiné et que je le ren-contrerai le jour venu. Pas besoin de chercher. C'est peut-être une théorie de vieux.

Je vais sûrement jeter ce cahier, il y a des choses trop personnelles. Si mes parents tombaient dessus! On devait donner chacune son journal à lire aux copines, mais c'est nul. Lisa vient de me montrer sa dernière phrase. Voici la mienne : «Vive les vacances et j'espère bien qu'on repartira ensemble l'année prochaine!»

Samedi, dans le train

J'avais la larme à l'œil et le cœur barbouillé en quittant William et Maxime. C'était impressionnant de les voir tous les deux sur le quai. William m'a serrée longtemps dans ses bras. Mais est-ce par amour ou pour montrer à Maxime que je lui appartiens ? Maintenant, le doute, ce poison venimeux, s'est infiltré dans mon cœur. Maxime m'a tenu la main quelques minutes en me souhaitant simplement : «Bon voyage.» Et ce sont ses mots à lui que je me répète.

Pendant plus d'une heure, les pleurs de Lisa entretenaient notre tristesse. Lorsqu'elle s'est calmée et a pris son journal, j'ai sorti le mien. J'avais suggéré de les échanger à la fin du séjour. Ce n'était pas une bonne idée. Je ne veux pas que mes amies découvrent mes problèmes, mes doutes. Au moins, Lisa est amoureuse d'un seul garçon, Margaux, comme d'habitude, oubliera Didier dans quelques jours avec un nouveau *lover*, et moi, qu'est-ce que je vais faire ? Aimer William ou aimer Maxime ?

Je lève la tête pour lire la dernière phrase de Lisa et lui souris. Son bonheur me réjouit. Puis je parcours du regard la dernière phrase de Margaux. Je la reconnais bien là. Je lui ébouriffe les cheveux. Je reprends mon stylo pour noter la phrase que je vais leur proposer. Après avoir réfléchi, j'écris : « Super vacances, super copines, super mecs… Plus que onze mois avant les prochaines ! »

Et toutes les trois, nous éclatons de rire.

Journal Secret

6439

Composition Chesteroc International Graphics
Achevé d'imprimer en Europe (France)
par Maury-Eurolivres – 45300 Manchecourt
le 18 octobre 2002.
Loi n° 49-956 du 16 juillet 1949
sur les publications destinées à la jeunesse.
Dépôt légal octobre 2002. ISBN 2-290-32774-3

Éditions J'ai lu
84, rue de Grenelle, 75007 Paris
Diffusion France et étranger: Flammarion